向南是大海

林以昼 著

长江出版传媒　长江少年儿童出版社

图书在版编目（CIP）数据

向南是大海 / 林以昼著 . -- 武汉：长江少年儿童出版社 , 2025. 5. -- ISBN 978-7-5721-5811-7

Ⅰ . I247.5

中国国家版本馆 CIP 数据核字第 2024321QR8 号

XIANG NAN SHI DAHAI
向南是大海　　林以昼 著

出 品 人：何　龙	插画绘制：郑　曦
策　　划：姚　磊　胡同印	排　　版：方　莹
责任编辑：何晓青	责任校对：张　璠
美术编辑：王　贝	责任印制：邱　刚　雷　恒

出版发行：长江少年儿童出版社（集团）有限公司
网　　址：http://www.cjcpg.com
承 印 厂：武汉精一佳印刷有限公司
经　　销：新华书店湖北发行所
规　　格：880 毫米 ×1230 毫米
开　　本：32 开
印　　张：6.625
字　　数：113 千字
印　　次：2025 年 5 月第 1 版，2025 年 5 月第 1 次印刷
书　　号：ISBN 978-7-5721-5811-7
定　　价：32.00 元

权利保留，侵权必究。

（本书如有印装质量问题，可向承印厂调换。）

目录
Contents

第一章　亲人　　1

第二章　南方　　15

第三章　同学　　32

第四章　打架　　48

第五章　中秋　　61

第六章　礼物　　78

第七章　解围　　96

第八章	往事	107
第九章	选择	120
第十章	得奖	134
第十一章	期末	148
第十二章	北京	161
第十三章	春归	177
第十四章	大海	193

第一章
亲人

都说人死了就会变成星星,也不知道哪一颗星星是属于爷爷的,他此刻是否正在俯瞰人间和他的孙儿。

1

爷爷死了。

得知这个消息时,向晓楠正在教室里上课。六月的湖南,天气已经开始热起来了。知了在窗户外头的树上不知疲倦地叫着,空气中混杂着数学老师讲课的声音,如同一首安眠曲,让坐在教室最后一排的向晓楠眼皮沉甸甸的,只想睡觉。

突然,有人敲响了教室门。

"谁是向晓楠?出来一下。"

这个声音让向晓楠陡然惊醒,数学老师也停下了讲课。整个教室里瞬间安静,只有知了还在叫嚷。同学们和向晓楠一样,都迅速往门口看去。

是学校的教务主任。

他满是红光的脸上全是汗,肚子随着呼吸一鼓一鼓的。向晓楠看着他差点儿被撑爆的衬衫,有些想笑,却又不大敢。

数学老师皱起眉,朝向晓楠点了点头,示意他起身,目光中还流露出一种"你又闯什么祸了"的询问。

向晓楠满脸无辜地站起,轻轻摇了摇头。

"你出来一下。"教务主任重复了一遍。

这一次,向晓楠感觉他的语气变得温和了些,看来不是来找自己麻烦的。向晓楠记得最近没惹什么祸,那是什么事情呢?总不会是上次去王婆子家地里偷了个西瓜的事儿被发现了吧?

向晓楠战战兢兢地往外走,因为紧张,不小心碰到了前排同学的课桌,书本和文具掉了一地。大家哄堂大笑。向晓楠赶紧帮同学捡起来,但还是被他回敬了一个白眼。

教务主任站在走廊里,看到向晓楠出来,原本想挤出一个笑,不知怎么又僵住了,只是走过去,轻轻拍了拍向晓楠的肩膀。

向晓楠被这突如其来的亲昵吓了一跳。

"收拾一下东西回家去吧,你爷爷……好像不行了……"教务主任小声说着。他的嘴巴一张一合,像一条浮在水面的胖头鱼,连带着脸上的肥肉一抖一抖的。

他后面的话向晓楠都没听清,脑子里只回荡着"不行"两个字。如果没听错,是在说自己爷爷不行了。

向晓楠知道这是什么意思,村里的老人要死了,大家就会说"这个人不行了"。可是,早上出门前,爷爷明明好端端的,还说上午要去山上砍树,到时看能不能逮只野兔子回来给他打打牙祭,怎么突然就不行了?

向晓楠觉得教务主任在撒谎,肯定是在骗自己。

一时间,向晓楠甚至忘记了彼此的身份,狠狠瞪了教导主任一眼,转身回到了教室里,头也不回地回到自己座位。同学们都齐刷刷看向向晓楠,要是往常,他肯定会趁老师不注意,朝大家做出嬉皮笑脸的表情。可这一次,向晓楠什么心情都没有,坐了不到三秒钟,突然整个人就弹了起来,再次向教室外跑去。经过前排同学的座位时,刚摆好的书本又被碰落一地,可向

晓楠完全没有搭理他。数学老师在后面喊着:"向晓楠,你去干什么?"向晓楠也没有回头。

他把被知了叫声围绕的学校抛在脑后,把老师的惊呼和同学们的喧闹声抛在脑后,连书包都忘记带了,奋力往家里跑去。太阳大得很,晃得他眼前白花花的,好在回家的这条路向晓楠走了上千遍,怎么都不会走错。

跑过碧浪一般的稻田,跨过河沟,再穿过一片树林,爷爷的红砖房出现在向晓楠的眼前。屋子外面闹哄哄地围着一群人,有他认识的,也有他不认识的,大家正在窃窃私语。看到向晓楠喘着气出现,有人喊道:"楠仔回来了,楠仔回来了,快进去看看你爷爷!"

向晓楠看着那些人,突然觉得腿有些软,大滴大滴的汗水沿着额头和太阳穴处滑下。此刻,他的双腿像灌了铅一样,只能缓缓向前挪动,好像有几万只知了一齐在自己耳边嘶鸣。他不知所措,只想找个地方躲起来。

2

向晓楠终究还是没能见到爷爷最后一面。

在他进门前的最后一刻,隔壁马大叔发现爷爷已经断气了。当时向晓楠刚走到屋檐下,马大叔看着向晓楠,摇了摇头,不知道咕哝了句什么,然后把他拉到爷爷床前。向晓楠呆愣愣地走过去,眼光扫到旁边的桌子上,那里摆放着一碗咸萝卜干,是爷孙俩吃早饭剩下的,还没来得及收起来。

爷爷整个人呈僵硬状态,以一种古怪的姿势躺在床上,右脚扭曲,双目紧闭,额头上还有着鲜血的印迹。马大叔说:"你爷爷砍树时不小心摔了一跤,又被树砸到了。没想到,他这么好的一个人,这辈子落得个这样的结果……"

向晓楠整个人蒙蒙的。他想像以前一样,趁爷爷睡觉时去挠他手心,结果发现一片冰凉。爷爷就这样静静躺着,并不会和往常那样,因为手心的痒而用烟杆子敲他脑壳。

意识到爷爷真的死了,向晓楠马上转过身子,一股莫名的恐惧涌上心头。他呆了好久,直到马大叔拍

了拍他的肩膀,让他不要哭了,他才发现自己脸上全是泪水。

"这是真的吗?怎么可能呢?明明早上爷爷还活生生的啊,为什么一下子就这样了呢……"向晓楠脚步虚浮,感觉像做梦一样。他喃喃地说着,眼中一片茫然。

围着他的同村的人看他这样,面露不忍,都在默默地叹息。

即便向晓楠再不接受,他也必须思考接下来要做的事情。毕竟天气日渐炎热,时间不等人,丧事要尽快办理。

有人立即给向晓楠在广东工作的爸爸打了电话,但是爸爸没这么快回来。在村里几个热心邻居的帮助下,爷爷总算入了殓。棺材是他生前就准备好的。村里的老人基本过了六十岁就会准备后事所需的东西。以前向晓楠完全没注意到,棺材就架在屋梁上。甚至连寿衣——一套黑色的衣服,都不知道爷爷何时备好了。

不知不觉已经入夜,头顶一轮月儿高挂,洒落一地清辉。晚风从山间袭来,吹动灵堂里挂着的几只白灯笼,让仲夏的夜晚竟有些冷。

向晓楠跪在爷爷的遗像前，偶尔累了就出去走走，仰头看下星空。都说人死了就会变成星星，也不知道哪一颗星星是属于爷爷的，他此刻是否正在俯瞰人间和他的孙儿。向晓楠总觉得这一切不大真实，昨天爷爷还带着他在山上逮兔子摘野果，今天就躺在了那几块木板子里。

死亡来得如此猝不及防，让他有种虚无缥缈感。

一天之后，爸爸从广东回来了，身上穿着一件半新不旧的西装，头发凌乱，眼睛通红。

他好像比春节回家时又老了一些，虽然身材高大，但额头上和眼睛周围的皱纹让原本三十五六岁的他，愣是看着像四十多岁。看着大半年没见的爸爸，向晓楠觉得陌生，怯生生地看了他一眼，就不知道再说什么。爸爸点了点头，摸了一下他的脑袋，就去祭拜爷爷了。

向晓楠浑浑噩噩地跟在爸爸身后。同村的一个小伙伴不知道从哪里钻了出来，拉了向晓楠一下。他还没开口说话，向晓楠就瞪了他一眼，继续朝着爸爸的方向追了过去。

爷爷的葬礼办得不算隆重，毕竟他们家里本就人丁单薄，爷爷膝下只有爸爸一个儿子。据说向晓楠原本有个小姑，但遗憾的是，小姑十几岁时不小心掉河

里淹死了。后来奶奶因为这件事悲伤过度，身体变差，最终去世了。

所以自从被爸爸送回乡下，在向晓楠的心中，爷爷就是天。眼下，天塌了，向晓楠只觉得头顶一片空荡荡，后脑勺也有些凉飕飕。

葬礼的第四天，是爷爷上山的日子。

看好的时辰是中午一点。按照乡里的习俗，长孙需要捧子孙竹。向晓楠是爷爷唯一的孙子，这个任务自然落在了他身上。

他捧着爷爷的灵牌浑浑噩噩地走在前面，后面的鞭炮唢呐声震天响，伴随着的还有长一声短一声的哭泣。好几个同学在旁观的队伍中，看到向晓楠从面前走过，纷纷向他投来同情的目光。

最终爷爷被埋在了村子对面的山上，这块墓地是他自己早就看好了的。他入土后，爸爸帮向晓楠把头上的白布摘下。爸爸满是血丝的眼睛里仿佛没有任何情绪。向晓楠站在爸爸旁边，望着满山青翠，不时有蝉鸣传入耳间，心中怅然。

爷爷就在这里躺着，以后一直都在这里躺着了，和绿水青山一起。向晓楠意识到，自己再也见不到那个目光有些阴郁、脾气还不怎么好的老头了。

3

"你爷爷死了,那你怎么办呢?"

在爷爷下葬后的那天下午,可能是见向晓楠郁郁寡欢,住他隔壁且和他一个班的向晓丽忍不住问:"你爷爷死了,那你以后和谁一起住呢?"

向晓楠知道对方是关心他,但此刻听着,心里还是有种说不出的郁闷。他索性一句话堵了回去:"关你什么事!我跟谁住也不会住你家。"

向晓丽被向晓楠突如其来的恼怒吓到,她嘴唇动了动,最终没说什么,转身回家去了。远处传来几声狗叫,有人正在召唤自己家的鸭子回来。经历了一场喧嚣的葬礼,村子恢复了往常的静谧。

对面的大山不断变暗。向晓楠开始思索起刚才向晓丽的问题——以后,自己要和谁一起住呢?

爸爸应该不会留在村里,他还要回广东工作。妈妈和爸爸离婚之后,就杳无音讯。其他的亲戚也不用指望。舅舅他们在遥远的江西,自从爸妈离婚后,大家基本就断了联系。连这次爷爷去世,也没见到妈妈那边的亲戚出现。

不知道妈妈现在在哪里,得知爷爷去世后,她一样会难过吧,毕竟叫过爷爷好几年的"爹"。还有,她想过儿子吗?对向晓楠来说,妈妈的样子已经有些模糊,但他敢肯定,如果妈妈出现在面前,他仍然可以认出来。

向晓楠又想起爷爷。他离开了,自己在这个世界上,似乎变成孤零零的一个人了。向晓楠不知道爸爸是否愿意把自己带去深圳,他心里有些期望爸爸带自己去,又有些不是很愿意去。毕竟留在村里,有那么多熟悉的人,不怕被欺负,要是去了陌生的深圳,谁知道会发生什么呢?

终于,爸爸在送走来给爷爷奔丧的亲戚朋友们之后,对向晓楠说出了这句话:"晓楠,收拾好你的衣服和作业,跟我一起去深圳吧。"

"去深圳?"

向晓楠假装惊讶地抬头看着爸爸,心里却回想起关于深圳的一切。他隐隐约约记得,那是一座很大很繁华的城市。小时候他曾在那里生活过几年。不过后来爸爸妈妈离了婚,向晓楠跟了爸爸,但爸爸没时间照顾他,就把向晓楠送回老家上小学。

向晓楠记得爷爷当时叹了一口长长的气,将哭得一塌糊涂的他搂在了怀里。从那时开始，向晓楠一年就难得和爸爸见一次面。偶尔爸爸说要接他去深圳过暑假，但他因为心里对爸爸始终有怨气，再加上舍不得爷爷，所以一直没有再去过。

"对啊，爷爷不在了，你不跟我去深圳，那去哪里？"爸爸的手搭在向晓楠的肩膀上，轻轻拍了拍。

"我……我不想去。"一想到要去不熟悉的地方，向晓楠就有些发怵，"就让我待在这里吧，反正我饿不死。"

爸爸一听，哭笑不得："你一个人待在这里，我怎么放心？听话。你小时候不是很喜欢深圳吗？那时候要把你送回来，你还在火车站哭着闹着死活不愿意。"爸爸的脸上多了一些笑意。

"太久了，我记不清了。"向晓楠看着村子对面的山，还是拒绝。

"待在这里，没人照顾你，你一个十来岁的小孩怎么生活？"爸爸的语气有些激动，但又克制住了。

爸爸缓了一下，似乎想起了什么，接着说："那几年，我们住的地方离海不远。你小时候，我和……我和你妈妈还带你去看过大海呢。当时你抓了一把沙子往嘴里塞，结果哭了好久……"

"大海?我没什么印象了。"向晓楠真的记不起自己以前去过海边,不然的话,他非向班上同学炫耀不可。毕竟班上其他人可没有去过海边。"妈妈",这是个陌生而熟悉的词语。他记不清多久没见过妈妈,虽然他也想和妈妈再见一面。

"可能过去太久了吧。"爸爸有些无奈。

"那我这次跟你去深圳,以后还会回村里吗?"向晓楠终究是起了一点兴趣,心开始动摇。

"肯定会回来的,这里是我们的老家,是我们的根。以后还要回来看你爷爷呢……"爸爸望向远山,若有所思地呢喃道。

向晓楠没有再说话,看了看空荡荡的屋,想了一会儿。爸爸就默认他答应了,开始收拾爷爷屋子里剩下的东西。

天色灰暗,向晓楠看着爸爸从那个有些年头的老衣柜里,把爷爷的衣服翻出来,还有盖过的被褥、睡过的席子、稻草编的床垫子……所有爷爷用过的东西，被堆成一座小山，摆在屋前面的谷坪上。

向晓楠知道爸爸要做什么——村子里以前有老人去世，他的家人都要把他相关的东西烧掉。

爸爸点燃了那堆衣服、被子等。火苗由小变大，最终燃起了熊熊火焰，或红或蓝的焰火伴随着浓烟，跳跃着，摇摆着，将一切吞噬，最后化作一小堆灰白色的灰烬。

唯一被留下来的物品，是一枚金戒指。之前爷爷说要给向晓楠以后娶的媳妇戴，眼下爷爷没了，爸爸提前把金戒指交给了向晓楠。

戒指有些大，戴在向晓楠的大拇指上摇摇晃晃的。他只好用一根红线串起来，挂在脖子上。

那天夜里，向晓楠以为自己会梦到爷爷，结果什么都没有。半夜时分，突然下起了雨，雨声哗啦啦的。他被吵醒，迷迷糊糊地睁开双眼，看到睡在不远处的爸爸依旧在沉睡，只是没有像以前爷爷那样发出响亮的鼾声。

向晓楠摸了摸脖子上的金戒指，一边听着爸爸沉重的呼吸声，一边重新进入梦乡。

第二天一大早，爸爸拎着几个大袋子，带着向晓

楠走路去镇上坐车。雨过天晴，被雨水淋了一宿的小路上一片泥泞，空气中带着一股雨后特有的清新气息。村子里的树都比往常绿了几分，溪水边的芦苇抽出了白穗，有一些蜻蜓停在上面。

上车前，向晓楠回头轻轻挥了挥手，似乎想和这里的一切告别，然而回应他的，只有细微的风声。

直到车辆缓缓向县城开去后，向晓楠才恍惚地意识到，是真的离开了那个充满记忆的村子。从此，这里可能只能用"老家"来称呼了。这样一想，他心中竟有些空落落的。

第二章
南方

> 夜色渐渐深沉，外面的灯光却很亮，照得屋里明晃晃的，加上汽车嘈杂的鸣笛声，向晓楠突然很想念老家安静的夜。

1

高铁沿着铁轨向南一路风驰电掣，两旁的风景飞快倒退。爸爸一路上都没怎么说话，靠着椅背在休息。

向晓楠倒是从爷爷去世的悲伤中短暂抽离出来了，觉得四处都很新鲜，整洁的车厢、松软的座椅，扶手上居然还有耳机孔。可惜没有耳机，听不到里面在播放什么。坐不住的他又扳动扶手上的手柄，结果座椅突然向后倒去，吓得他心跳加速，赶紧松开，身子这才稳定下来。这下他不敢乱摸乱按了，只得扒着

看一会儿窗外的景色,打量车厢里来来往往的乘客。

窗外从两边都是低矮的丘陵,到开始出现高山,接着是漫长的隧道。等过了隧道,就是一望无垠的原野,还有高低建筑呼啸而过。

时间过得很快,当天下午,当车窗外不断出现成片碧绿的荔枝林与香蕉树时,就到了终点站深圳北,速度也开始慢下来。

原本安静的车厢逐渐喧闹起来,大家依次起身,提着行李,往车门处涌去。向晓楠有些紧张地背着双肩包,紧紧跟在爸爸身后,结果一不小心被其他旅客横出来一截的行李箱绊到,打了个趔趄。旁边有个十四五岁衣着光鲜的女生,戴着耳机在听歌,看到向晓楠这样,忍不住"哧"的一声笑了出来。向晓楠扭头瞪了她一眼。

等到出站后,他才沮丧地承认,别人笑话自己是应该的,自己确实是没见过什么世面。

真大啊。

眼前的车站广场居然比整个村子还要大,感觉整个镇子上的人都站不满这个广场,更不用说村里小学的那个旧操场——两个摆在一块儿,好比是一片指甲盖儿和一头壮硕的霸王龙。

向晓楠看呆了。

"怎么样,深圳变化大吧?深圳是国内一线城市,在国际上都有着一定知名度,很多外国人在这里。"爸爸笑着给向晓楠介绍,"你看那边,之前你走的时候还是一片荒地。前几年地铁通了,房子迅速盖起来了,现在成了黄金地段,房价达到了这个数。"

爸爸伸手比了个让向晓楠瞠目结舌的数字,单位自然是"万"。

这么贵!

向晓楠内心被震撼了一下,扭头朝着远方看去,密密麻麻的房子连到了天边,让人眼花缭乱。

尽管他在电视上看过很多次眼前的城市,但置身其中仍有种梦境的错觉。高楼大厦鳞次栉比,好像乡下一眼看不到头的群山,高高低低,纵横交错。尤其是建筑上的玻璃反射着夕阳的余晖,令整座城看起来金碧辉煌、璀璨夺目。这让向晓楠有些紧张,又有些兴奋。

"别看了,走吧,我们还要赶回家呢。坐了一天车,你估计累了,以后大把时间给你看。"看着东张西望的向晓楠,爸爸催促道。

"嗯。"向晓楠收回好奇的目光,背着书包跟着爸

爸往地铁站走。

正值下班高峰期,一路上向晓楠都紧紧攥着爸爸的袖子,生怕被人流淹没冲走。爸爸不时回过头,看着向晓楠满脸忐忑的神情,又好笑又心酸。

地铁如同一条钢铁巨龙,在地下穿梭,没等向晓楠看够就到了目的地。从地铁站出来后,天已经黑得差不多了,夜色像只巨大的黑鸟张开翅膀,盖在整个世界的上方。不过城市里不像老家乡下,一入夜就黑咕隆咚,反而四处灯火通明,格外亮堂。爸爸拎着行李在前面走,向晓楠跟在后面。

走了十几分钟,总算进了一片城中村。这里的房子看起来有些年头了,墙面斑驳,一栋紧挨着一栋,似乎伸手就能摸到邻居家的窗户栏杆。爸爸说,再转一个弯,就是他租的房子。

路的两旁种着高大的大王椰树和挂满果子的杧果树,地面一片斑驳的影子。爸爸一路和认识的人打着招呼,七拐八拐之后,最终进了一扇铁门。租的房子在六楼,向晓楠跟着爸爸在昏暗的楼梯间往上爬的时候,心里有些诧异。他以为爸爸居住的地方会是半道上看到的那些高楼大厦,再不济,也得是个现代化的花园小区吧。

没想到这栋楼居然连电梯都没有,破旧得甚至比不上爷爷在村里的旧房——至少那里宽敞多了。眼下,楼梯间只有他和爸爸两个人的脚步声在黯淡的灯光中回响。

爸爸突然开口问道:"怎么样,累不累?"

"还好吧,以前和爷爷上山挖笋也是这样爬。"向晓楠闷闷地回复。

"那就好。"爸爸又陷入了沉默。

进了家门,屋里乱糟糟的,衣服随意地搭在沙发上,餐桌上也摆放着好几副没收拾的碗筷。开灯的那一瞬间,几只蟑螂张皇失措地在桌上乱窜。

"咳,广东就这点不好,一到夏天,蟑螂就特别多。"爸爸不好意思地咳嗽一声。说着,他放下行李,换上拖鞋,把桌上的碗筷收了放到厨房,又抱起在沙发上的那堆衣服丢进了阳台的洗衣机里。向晓楠犹豫了一下,也找了双拖鞋换上,走到屋子中间。

洗衣机启动,传来哗啦啦的水声。向晓楠站在客厅观察着屋子里的一切——这间房顶多四十平方米,两室一厅,外加一个小阳台,厕所和厨房分别在阳台两侧,家具有些旧。看来爸爸在这边过得不怎么样。

他正胡思乱想着,爸爸收拾好出来了,对他说:"我们是出去吃,还是在家随便吃点什么?"他手上拿着一袋面。

意思已经很明显了,随便将就下吧。向晓楠扬起下巴:"在家煮面吧。"

家里没有青菜,好在冰箱里还剩下几个卤蛋。爸爸弄得满头大汗,十五分钟后,端上来颜色惨淡的两碗面。说实话,看起来挺没有食欲的。可向晓楠真的饿了,加上这是到深圳后爸爸给自己煮的第一顿饭,不能不给面子。

他拿起筷子,夹起面条,塞了一小口进去。

怎么会有人把面做得这么难吃呢?这面实在太咸了,还有些夹生,和爷爷做的比起来简直天差地别。向晓楠很想吐出来,可抬眼一看,爸爸正用期待的眼神看着自己,便硬着头皮吞下去了。

"怎么样,还合胃口吗?"爸爸笑着问。

"啊……嗯,还可以。"他又夹起几根面条,慢慢咀嚼。

看他这样,爸爸才放心地吃自己那份。可很快,他的面色就变得难看起来:"算了,别吃了,我去楼下打包炒粉上来吧。"

"不用了,可以吃的。"向晓楠觉得还是不要添麻烦了,虽说这人是自己的爸爸。

"算了,我去楼下买点儿吃的上来,很快的。"爸爸趿拉着鞋,开始自言自语,"这几年我基本没什么时间做饭,要么吃外卖,要么在外面凑合吃点儿,没想到现在做饭水平这么差劲了。"

说着他尴尬地笑了两声,没等向晓楠回应,"啪"的一下把门关上了。

向晓楠听着脚步声渐渐远去,又盯着桌上的两碗面看了会儿,决定将它们放到厨房去。进去才发现,厨房不仅小,灶台上还蒙着一层灰,只有开水壶是干净的。

看来这个家平时不开伙。他瞬间明白为什么爸爸做饭这么难吃了。

二十分钟过去,爸爸拎着炒粉回来,两人重新吃饭。

大夏天配上热乎乎的炒粉倒别有一番滋味。向晓

楠和爸爸两个人吃得大汗淋漓，芬芳的气味飘满了整个房间，让人莫名地感受到了一丝家的气息。

这以后就是自己的家了，向晓楠一边擦汗，一边呆呆地想。

3

吃过晚饭，爸爸去厨房洗碗、扔垃圾，把屋子简单收拾一下，然后领着向晓楠到了其中一间卧室："这个房间以前也是你睡的，你回老家后就成了杂物间，可能有些挤了，将就一下吧。"

向晓楠低声说："谢谢。"

墙上的时钟指针指向了十点，向晓楠简单洗漱过后，躺到了床上。这张床应该还是他小时候睡过的那一张，因为明显有些窄小，只能勉强躺着，可能晚上翻个身就要掉到地上。爸爸说等周末去买张新床。

明天爸爸就要回单位上班了。他在附近的医院做护工，专门照顾一些没有家属陪伴的病人。

起初他以为爸爸是一名光荣的医生，得知实情后，整个人失落了很久。尽管不是白衣天使,但爸爸每天早出晚归,有时还要值大夜班。

向晓楠想,之前妈妈和爸爸离婚,说不定就是因为这个原因。曾经很长一段时间,他甚至因此怨恨爸爸为什么不换一份工作。那样的话,自己也不至于身处一个破碎的家庭里,更不用羡慕别人可以和爸爸妈妈一直待在一起。

虽说爷爷将他照顾得很好,但这和爸爸妈妈的陪伴肯定是不一样的。

夜色渐渐深沉,外面的灯光却很亮,照得屋里明晃晃的,加上汽车嘈杂的鸣笛声,向晓楠突然很想念老家安静的夜。在村里睡觉时,能听到外面风吹过树梢的声音、村里狗叫的声音……各种声音混杂在一起,让夜晚愈发静谧。偶尔下起雨,还有雨声滴答滴答从屋檐落下。

眼下,虽然用的是干净舒适的床单和被套,还散发着洗衣液的清香,但喧嚣嘈杂的声音让他在床上翻来覆去。

要是爷爷在就好了。可向晓楠知道,那个疼爱自己的爷爷再也不会出现了,他永远地沉睡在村对面山上的小坟包中,再也不会给自己做好吃的了。

向晓楠突然有些想哭,但终究是忍住了。一定不能哭,哭得再伤心爷爷也不会活过来。以后就跟着爸爸一起过吧,虽然这是个全然陌生的城市,自己和爸爸也不亲热,但没其他办法了……

4

迷迷糊糊中,向晓楠终于睡去,等到第二天被爸爸开门时的声音吵醒时,发现已经是上午七点,但屋子里依旧一片昏暗。

"怎么样,昨晚睡得好吗?"爸爸关切地问道。

向晓楠笑了笑,起身穿好衣服。

爸爸已经准备好早餐了,应该是买来的,有包子和稀饭。"你看看,吃得习惯不?"爸爸问。

向晓楠刷完牙,坐在桌前慢慢吃着。包子是梅干菜肉馅儿的,菜干很有韧劲儿,肉的味道也很香。就着稀饭,他吃得饱饱的。

"爸爸待会儿去上班了,你就在家看书学习吧,不要走得太远,免得迷路了。冰箱里有菜,你可以自己做点吃的。如果不想做也可以出去吃，城中村里有很多餐饮店，辣的不辣的都有，味道都还不错，价格也不贵。你床边架子上有部旧手机，给你先用着，如果有什么事情记得打电话问我。"平时沉默的爸爸这时絮絮叨叨的，让向晓楠莫名地想起了爷爷。

但他没有和爸爸亲近的想法，只是轻轻点点头。

结果爸爸没走两步，刚到门口，又折了回来。"燃气灶你知道用吧？先打开阀门，再拧一下，用火的时候一定要注意安全……"他把所有能想到的全叮嘱一遍，笑了笑，才把门拉上。

"啪"的一声，屋里重归于安静。向晓楠把餐桌收拾好，将碗筷洗了，回到客厅，琢磨爸爸给他留下的手机。

那部手机和这屋一样，灰扑扑的，毫不起眼，估计是爸爸用过的手机。没设置密码，向晓楠点进去看了看，什么游戏都没有，只在通讯录里记着一个电话号码，应该是爸爸的。他捣鼓了一番，发现没什么意思，就将手机随意地放进兜里。

八点钟，窗外是最热闹的时刻，上班的人、买菜的人，熙熙攘攘的声音不绝于耳。

向晓楠想了想，把钥匙揣在兜里，决定出门溜达

一圈。

　　他刚下楼的时候，一楼有个胖胖的阿姨用审视的目光扫了他几眼，估计是楼里的管理员。向晓楠没搭理她，自顾自地开门出来了。他在巷子里七拐八拐地穿行了几次，险些真的像爸爸说的那样迷了路，好在他提前记住了楼号。

　　早餐铺子里烟雾缭绕的，来往的行人没有时间留意这些，一个个都行色匆匆。以前在村里，这时正是大家最惬意的时刻，家家户户开始吃早饭，孩子们四处嬉笑打闹。

　　向晓楠呆呆地站在街角看了一会儿，突然觉得索然无味，又循着来的路往爸爸租的房子回去了。

　　中午他在楼下买了青菜和鸡蛋，随便煮了个面条，比不上爷爷做的，但至少能吃。他又想起了爸爸做的那难吃的卤蛋面，不禁咋舌。等到晚上九点多钟，爸爸才回来，拎着一袋烧烤。这倒是让向晓楠吃得很开心。

5

悄然间，时间过去一个多月。

其间，向晓楠靠着一张嘴和爸爸给的那台旧手机，去了不少地方。他对电子产品比较敏感，之前老家有个家里在镇上开超市的同学带过爸妈的手机到学校，那时他趁机玩了半天。现在有了爸爸给的手机，几天下来他就将基本功能用了个遍，甚至还无师自通学会如何用手机扫共享单车。

"你们这代人，脑袋机灵得很。"爸爸看着向晓楠，有些惊讶于他对新事物的接受速度如此之快。

原本他不大放心让儿子独自去太远的地方，生怕走丢。可带着向晓楠坐过两次地铁，他就学会了怎么进出站，如何刷卡。再要他整天待在闷热的家中，确实说不过去，所以最终还是答应了儿子外出的要求。

博物馆、中心书城、东门……想去的地方基本都去了。向晓楠唯独没有去海边，因为爸爸说过要带他一起去。向晓楠想，这也算一个约定了吧，如果自己提前去了，那就算违背了约定，所以他一直在克制内心对大海的好奇与向往，没有去看过。

每天晚上，爸爸都会提前帮向晓楠规划好要去的地方和路线，坐哪一路公交车或者地铁，在哪里换乘，如果迷路了该怎么办，还把家里的地址写了张纸条放到向晓楠的口袋里……可第二天爸爸出门上班前，还不忘再三叮嘱："记得万一真的不认识路，打我电话；手机要是没电的话，可以找警察叔叔，他们会把你送回来的。"

看着爸爸一脸紧张的模样，向晓楠哭笑不得，自己十多岁了，才不会那么容易迷路，而且他打小就特别认路。以前跟爷爷去镇上和县城，他走过一次的路就会记得。后来经常自己一个人跑出去玩儿，连那些看起来一模一样的树林和大山，他都能分辨出区别。何况现在还有手机可以查询，实在有状况的话，大不了打个电话叫爸爸去接他。

对向晓楠而言，到了一个陌生的地方，无异于在进行一场探险，这种感觉让他又害怕又格外迷恋。

拿好钥匙和手机，背着一瓶水，向晓楠就出门去了莲花山公园。山间公路曲曲折折，沿着登山道吭哧吭哧爬了大半个小时，向晓楠累得满头大汗。好在树木葱葱郁郁，遍地树荫，倒不至于中暑。他在山顶广场上歇了好一会儿，开始四处溜达。

眼前赫然屹立着一座巨大的铜雕像，向晓楠知道那是邓小平爷爷，课本上有他的照片。铜雕像迈开步伐，眺望着香港的方向，宏伟极了。向晓楠走向前去，站在雕像的脚边痴痴地看了一会儿，心中涌起一股自豪。

当天晚上，爸爸满脸疲惫地下班回家，问他这一天过得怎么样。向晓楠想都不想地回答"还不错"，听到这个回答后，眼睛里布满红血丝的爸爸才放心地去洗澡。

虽说条件有限，但向晓楠刚开始来这边生活，爸爸一休假就特地带他去了一趟欢乐谷，还带他吃过一次自助餐。向晓楠看着四处摆放的琳琅满目的食物，愣在原地，不知是不是真的随便拿。爸爸再次告诉他随意吃，已经付过钱，他才放心吃。

结果，那一次向晓楠差点吃到吐，晚上睡觉前都直打嗝。他暗自想，要是自己和牛一样，有四个胃就好了，那就可以一次吃饱，几天不用吃饭了。

爸爸上班的时间里，向晓楠独自去了很多地方。他到深圳市博物馆看了很多在书本上看到过的古老文物，又去图书馆看了半天书。那里的书架比乡下的树还要多，向晓楠感觉自己一辈子也看不完。

他还见到了在市民中心唱歌的年轻人，唱的大多是粤语歌，虽然听不懂，但也不妨碍他站着听了半个多小时。广场上还有比他年纪大一点的男生女生正在玩滑板，他们穿行跳跃，轻巧潇洒。

向晓楠越来越喜欢这种在城市森林里探秘的感觉。他甚至有种错觉，自己俨然成了这座大城市的一分子，可以自由呼吸着这里的空气，感受着这里的温度。晚上躺在床上时，他甚至也不觉得汽车的声音过于嘈杂了。这个发现让他心里隐隐有些不安,难道这么快就忘记了老家的一切了吗?

老家的竹林,老家的溪流,老家的同学们,还有葬在老家的爷爷。他摩挲着爷爷留下来的那枚戒指,又把那些记忆翻出来,生怕过一阵会失去原有的色彩。

爸爸隐约察觉到向晓楠在经历了短暂的像鸟儿一样欢快的日子后,又陷入了沉寂。这令他有些不知所措,想知道儿子遭遇了什么。有一天,他忍不住问向晓楠是不是被人欺负了,结果向晓楠说"没有啊"。爸爸挠了挠头,继续干自己的事情。

第三章
同学

> 如果在乡下，这时应该跟同学们一起在操场上打闹。可是在陌生的新学校，孤单就像无处不在的空气一样，将自己紧紧包裹住。

/

深圳的夏天除了天气炎热，还有个特点，台风频繁登陆。

一个多月内，深圳就经历了两次台风。特别是台风"韦帕"来时，向晓楠第一次知道风可以来势这么凶猛。他趴在窗户前，看着楼下的树在狂风骤雨中摇晃，生怕下一秒它就会被连根拔起。好在树的坚韧性超乎了他的想象，风雨再大，顶多只是被揪掉一些枝叶，树根仍然紧紧抓住大地不放。

又是一场台风过后,风雨留下的痕迹早已经被清洁工抹除,漫长的暑假即将结束,开学的日子迫在眉睫。向晓楠即将升入小学六年级。他踩着干燥的水泥地,顶着明晃晃的炙热阳光,跟着爸爸缓缓走到学校报到。

新学校是爸爸联系好的,就在城中村的附近,走路十多分钟到。学校的学生除了附近本地居民的子女,还有不少学生是民工子弟。整所小学共有几千人。

向晓楠背着书包站在校园里,有些愣神。他不知道该如何面对新同学,也不晓得城里的孩子好不好相处;如果被欺负了,是不是能打回去。反正在乡下,他就是这么干的。他想起向晓丽,乡下的学校开学了吗?大家对于他的离开,会有怎样的想法呢?

向晓楠一边胡思乱想,一边观察着新学校。校园不算大,教室倒不少。有同学穿着统一的校服,三三两两地在窃窃私语,时不时地还转过头打量一下这个新人。

"有什么了不起的,我有新校服穿。"向晓楠在心里嘀咕着,手上拎着刚领到的新校服。这是两套天蓝色的校服,一套夏装,一套冬装,可比农村的学校讲究多了。

  这一天只是来报到，第二天才正式上课。爸爸带向晓楠找到了教室，认清了路，语重心长地说："到了新学校，和同学们一定好好相处。"办理好入学手续，爸爸又和他交代一番，"到时有什么不懂的就问老师，不要不好意思。"

  向晓楠应了一声"嗯，知道了"。这两个月以来，父子俩的相处多半是这样，爸爸说什么，向晓楠都是"嗯"，从不反驳。爸爸有时候想和他多交流几句，但向晓楠总能迅速把天聊死。

  还是和自己太生疏了。爸爸默默地想着，摇着头叹了口气。

2

  向晓楠没想到，自己到新学校的第一天就闹了笑话。

  "本学期，我们班上迎来一位新同学，大家都要和睦相处。下面请新同学向大家介绍一下，大家鼓掌欢迎。"

向晓楠的班主任在讲台上先讲话，向晓楠站在教室外面静静等着。早在来学校前，爸爸告诉他，这位个子不算高、身材苗条的老师姓柳。随着柳老师带头鼓掌，教室里响起一阵掌声。

向晓楠缓缓走入教室，感到同学们齐刷刷的视线顿时聚集到了自己身上。

看着台下坐得整整齐齐的新同学，装了空调、投影仪的现代化教室，向晓楠又低头看了看自己洗得发白的鞋子，一紧张，把原先准备好的自我介绍忘得一干二净："大……大家好，我……我叫向晓楠，你们可以叫我……叫我南瓜。"话刚一出口，他就意识到给自己挖了个坑。

"哈哈哈，怎么会有人叫南瓜，咋不叫西瓜呢？"

"看着不像南瓜啊，这么瘦，倒像一条丝瓜。"

"南瓜？小南瓜！那可以做成南瓜饼，我可喜欢吃南瓜饼了！"

…………

果然，班上的同学们一阵爆笑，立即开启群聊模式。好几个调皮的男生还大声叫了起来，教室里顿时炸开了锅。

怎么这么傻，居然把自己的外号给说了出来？向晓楠暗自懊恼。尽管在乡下学校也有人叫自己"南瓜",但此刻一见面就被新同学争先恐后地喊着外号,他的脸瞬间红透了。好在他皮肤原本就黑,不怎么看得出来。向晓楠一时手足无措,愣在那里一动不动。大家的笑声更大了。

"安静安静,大家注意下课堂纪律,我们要开始

上课了。向晓楠同学,你个子高,就坐那里吧。"柳老师发现了向晓楠的窘迫,咳嗽几声,制止了同学们的哄笑,给他指了个空位去坐。

向晓楠注意到,正好是刚才喊"爱吃南瓜饼"的那个男生旁边。这个浑身是肉的小胖子,以后就是同桌了。

第一节课是数学课,原本是向晓楠最感兴趣的课程。可是听着讲台上老师的授课,他只觉得脑子里嗡嗡的,还回荡着大家刚才的笑声。他把视线移向窗外,看着白云一朵朵在空中飘过,顿时忍不住有些想念之前的学校——尽管没有城里的大,也没这么干净,甚至连屋顶都有些破,一到下雨天还会滴答滴答漏水,但这会儿他无比想回到那里。

这样想着,时间一分一秒过去。直到数学老师的粉笔头扔到他头上时,他才惊觉老师和全班同学的目光再次聚集在自己身上。

"向同学,你来说下,1千克盐水含盐50克,那盐是盐水的百分之多少?"老师拿着教鞭,指着黑板上的一道题,有些无奈地问他。

向晓楠支支吾吾,翻了翻书,没找到这道题,下意识地摇摇头:"我……我不知道。"

班上同学又哄笑起来,好在这次笑声持续得很短。

不过老师接着发话了,这次是对所有人说的,并非针对向晓楠一个:"不知道,就更要认真听讲。你们爸爸妈妈辛苦工作赚钱,送你们来读书,你们要对得起他们的付出才行。"

这番话让向晓楠低下了头,想到爸爸每天晚上都要九十点钟才下班,他心里有些不是滋味。

3

开学第一天照例举行升旗仪式,第二节课一下课,同学们像羊群一般朝操场涌去。向晓楠跟着人流跑,全校同学都穿着一样的校服,中途他还差点儿跟丢,跑到别的班级里去了。幸好班主任柳老师及时发现,把他这只离群的孤羊给拉了回来。

讲台上的校长体形微胖,戴着眼镜,面容和蔼。他说新学期新希望,大家一定要好好学习,争取考出好的成绩来,到时才会有光明灿烂的未来。

有个别同学趁老师不注意交头接耳,等老师一回头,又立刻安静下来。

校长的发言并不长,十分钟不到,可能是觉得天气有些热,怕大家受不了。毕竟九月份的南方沿海地区,上午十点钟的太阳已十分毒辣。

接下来的课间操,让向晓楠为难起来,他发现大家做的和乡下学的并非同一套广播体操。看着大家整整齐齐地抬手踢腿,现学现做的他完全跟不上节奏,惹得周围同学又是一阵窃笑。向晓楠羞得脸通红,恨不得变成一只穿山甲,原地打洞钻进去。老师看到他的窘境,让他站在那里不动就好。

课间操结束后,大家又一窝蜂地跑回教学楼。教室热闹了起来,同学们有的去上厕所,有的三三两两围坐在一起,热火朝天地吹水扯皮(吹水:广东话,闲聊),还有人在用粤语或客家话交谈。向晓楠不由支起耳朵,发现只能隐约听懂个别词语。还好深圳大部分是外地人,大部分讲普通话,不然向晓楠还真的不知道该如何跟大家交流。

只有新同桌主动往向晓楠这边凑了过来,一张嘴说个不停,净在那里问东问西。

"南瓜同学,我叫王乐棠。你家哪里的?以前在哪里读书啊?"

"你平时的爱好是什么?"

第三章 同学

"小南瓜,你去过欢乐谷吗?"

面对着一张热情的面孔,向晓楠有些不知所措,想躲开,又觉得那样做不大礼貌。他目光躲闪,不知道先回答哪个问题比较好。"我……我老家是湖南的,以前在乡下读书。我……我没什么爱好……"说完,他看了王乐棠一眼,对方正兴致勃勃盯着自己。

"你刚来,没事儿,咱们班上好些同学老家是湖南的呢。我老家是……小时候跟着我爸妈过来的。"王乐棠的话匣子一打开就难关上,絮絮叨叨了好些话。

王乐棠告诉向晓楠班上的班长是谁,谁最讨班主任柳老师喜欢,哪个同学成绩最好,谁长得最漂亮……还说了谁的力气最大:"你可千万别惹张鹏,不然十个你都打不赢的。"说着,他亮了亮自己晃荡着肥肉的手臂,比画了一个大力士的姿势。

王乐棠夸张的语气和表情让向晓楠整个人放松了下来,他不再正襟危坐,嘴角也有了一丝微笑。尽管有了一个勉强算得上是朋友的新同学,但他还是忍不住想,如果在乡下,这时应该跟同学们一起在操场上打闹。可是在陌生的新学校,孤单就像无处不在的空气一样,将自己紧紧包裹住。

4

在向晓楠的神游中,这一天总算结束了。

放学时,不少同学的爸妈都开车等在校门口。爸爸还没下班,而且向晓楠从小就是独自上下学,没有被人接送的习惯。他在一旁默默站了一会儿,看那些同学和爸妈聊天说笑,笑声顺着风一起往耳朵里钻,有些喧嚣。

他垂下眼,缓缓往出租屋的方向走。

刚走出校门没几步,向晓楠就在马路边看到了王乐棠。他正犹豫着要不要打声招呼时,王乐棠已经发现他了,一边招着肥嘟嘟的手一边喊他:"小南瓜,快过来。"

向晓楠吁出一口气,慢慢朝他走过去。他发现王乐棠站着的位置旁边竖立着一块的士停靠的牌子,于是好奇地问:"你上学都是打车吗?"

"对啊,我家有点儿远。爸妈工作太忙了,没时间来接我,我只能自己打车。"王乐棠不以为然,似乎觉得这是件很正常的事情。

"为什么不坐公交车?"打车应该很贵吧,向晓楠

只有那次跟爸爸从欢乐谷回来时打过一次车。当时太晚了,爸爸担心玩了一整天的向晓楠走路脚痛,下了地铁直接打了一辆车回家。十分钟左右,居然花了快二十元,这让向晓楠心疼了半天。不过,面对新同学,向晓楠不好意思露出自己的窘迫。

"公交车太挤了。你看,一车都是人,里面人挤人,臭烘烘的。"王乐棠撇撇嘴,指向正从前面驶过的一辆公交车。

明明还好吧,比自己以前赶集时坐的小巴人少多了。至少没有鸡鸭鹅摆在车厢里,那才叫臭烘烘呢。向晓楠心里不禁把他与"败家子"画上了等号。

突然,王乐棠指着马路对面对向晓楠说:"对了,要不我们去吃 K 记吧。反正回家我也是要吃外卖,还不如和你一起吃了回去,正好庆祝你今天转到我们班上来。"那是一家外墙鲜红的店子,上面有着"K 记"的英文字母。

向晓楠知道 K 记,以汉堡和炸鸡出名,以前在电视里经常看到。老家的镇上也开着一家炸鸡店,大家都开玩笑说那是个山寨 K 记,不过里面的东西同样不便宜。来深圳后,满大街都可以看到这家连锁汉堡店,听到王乐棠的这个主意,他第一反应就是想拒绝。书包里有爸爸早上给他的两百块钱,他可是打算要攒起来的。

结果王乐棠不由分说地拽着他,穿过斑马线,往对面的汉堡店走去:"别担心,我请客,你别操心了。"

看着他财大气粗的神态,向晓楠不好再扭扭捏捏。以前在乡下,大家也会互相请客吃冰棒呢。

有一次爷爷去县城看病,带向晓楠一起去了。路过一家汉堡店,看他馋得厉害,就给他买了一个。后来对比招牌才知道,那家店也是山寨的,自己吃的并非真正的 K 记。他至今想起来,仍觉得那个汉堡味道好极了。

"我先点了。一份牛肉汉堡,一份薯条,大份的,再来一对奥尔良烤鸡翅,一份鸡米花,冰可乐一杯,大杯的,少加冰……"王乐棠一口气点了好多,点餐员的手指飞舞,点完后王乐棠回过头问愣住了的向晓楠,"你要吃什么直接说,不用客气。"

啊,点了这么多还不够吗?迎着点餐员姐姐的目光,向晓楠仰头看着墙上的点餐牌,想了半天,手随便指了一个:"就……这个吧。"

"那就再加一个香辣鸡腿堡,可乐你要大杯还是中杯?"王乐棠嘴巴飞快,见向晓楠还没回过神,自作主张做好了决定,"那就大杯吧,天气这么热,喝大杯可乐更爽。"

过了几分钟,王乐棠端着满满当当的一大盘食物,找了位置坐下。

"这些……这些要多少钱啊?"向晓楠还是没按捺住,问了一句。

"不贵,也就一百多吧。"王乐棠一边往嘴里塞鸡米花,一边回答。

一百多!居然要这么多钱!这要是在老家乡下,够买好几只鸡了,也能买大半车土豆。爷爷挖上一天的竹笋,都卖不了一百块。向晓楠再次被大城市的物价吓一跳。

"你别老发呆啊!吃!待会儿都冷了。要不要番茄酱?薯条配上酱更好吃。"

向晓楠学着他的样子,拿起一根蘸了番茄酱放进嘴里,结果不到一秒钟,他的脸皱了起来。

"哈哈哈,你估计没吃惯,所以不大喜欢。算了,你还是吃烤鸡翅吧,这个是辣的,湖南人应该喜欢。还有鸡腿堡,也是辣的。"王乐棠被他的表情逗笑了。

自己确实更喜欢吃辣的,王乐棠居然记住了自己的老家,向晓楠心里有一丝感动。他尝了一口,面包香味浓郁,鸡肉酥脆香辣,味道果然不错,比番茄酱好吃多了。

　　和记忆中爷爷买给他的那个汉堡对比，好像差别也不算大，只是这个价格比山寨汉堡贵多了。

　　"他们家薯条不好吃，没M记的好，一点儿不酥脆，也不够香。我喜欢他们家的烤鸡翅，够入味，肉也多。"王乐棠一边大快朵颐，一边不忘像个美食家一样点评一番。

　　向晓楠对于K记和M记没什么了解，生怕自己说错，所以他打算换个话题。

　　"你平时都是在外面吃饭吗？"

　　王乐棠点点头，叹了口气："对啊。我太惨了，爸妈开公司，整天就知道忙事业，说什么'不能在最需要打拼的时候选择安逸'，根本没时间管我。之前

有阵子说要给我找个保姆做饭,我拒绝了。我不喜欢家里头多个外人,宁愿他们给钱在外面吃。我爸妈很大方,给的钱不少,所以我也没意见啦。"

那和我差不多啊!向晓楠想。只是我爸爸可没那么多钱,这样说起来,自己比王乐棠还惨呢。向晓楠想到早出晚归的爸爸和那间狭小昏暗的城中村屋,黯然得很。

这顿大餐就在向晓楠和王乐棠有一句没一句的闲聊中结束了。王乐棠说得多,向晓楠多数时候是倾听。等到餐盘里的东西见底,天快黑了,夜风吹来,带着一丝清凉。

王乐棠依旧决定打车回家,提议捎向晓楠一段。向晓楠终于拒绝了——他觉得今天欠了王乐棠很多,即便多个人车费还是一样,他也不愿意。

开学第一天尽管有了糗事,但也不算太糟糕,至少认识了一个可以说得上话的同学。爸爸下班回来问他新学校怎么样，向晓楠重重地点了点头："还不错，一切都挺好。"

说完，他想起课间操时手忙脚乱的情形，问爸爸有没有电脑。"我想查点资料，"看爸爸露出探询的目光，向晓楠补充，"没有就算了，反正不是什么大不了的事情。"

"有台旧的笔记本，你等我拿给你。"爸爸起身，拿了一台壳子掉了一些漆的电脑给他。

"谢谢。"向晓楠拿着电脑钻进自己房间。

在乡下时，有人捐赠过两台电脑给学校的学生使用，向晓楠知道怎么用。他还有个QQ号呢，那时候很少有机会登录。他在网上搜索了一会儿，找到了一个广播体操的教学视频，正好是同学们做的那一套。

向晓楠照着里面的动作，一遍遍学习。前面几节容易，他学得挺快，做到踢腿运动时，因为节奏太快，他慢慢就跟不上了。等到体转运动时，他就更加手忙脚乱，急得满头大汗。然而一想到大家的哄笑声，他的那股劲就涌了上来，还是一遍遍学习。

隔壁的爸爸听到声音，跑过来问他在做什么。向晓楠不好意思地停下动作，说是吃得有点儿撑，运动运动消化一下。等爸爸走后，他又马不停蹄地练习起来。

第四章

打架

> 他再也不想见到爸爸,不想在这个家待下去。他要离开这里,走得远远的,回到乡下老家,守着爷爷的旧房过日子。反正家里有地,总不会饿死。

/

比起自由新奇的暑假,开学后的日子枯燥多了。尤其在一所新学校,向晓楠少有玩得来的同学,一天天显得更漫长。

向晓楠在学校已经很少再闹出笑话了。他花了几天时间把广播体操学得滚瓜烂熟,很快就做得像模像样。只是"南瓜"这个外号终究还是留了下来。有时候班长佟乐恺收作业的时候,都会故意喊:"南瓜同学,你的作业呢?"然后看着向晓楠一脸窘迫的样子直乐。

不过叫他"南瓜"最多的还是王乐棠。可能应了"心宽体胖"这个词，王乐棠完全没在意向晓楠对于外号的敏感，依然喊得很起劲。不过幸亏有他，向晓楠才不至于在班上连个说话的人都没有。

原本向晓楠以为王乐棠在班上的人缘还不错，毕竟王乐棠性格挺好的，出手又大方。他好几次看到放学后，王乐棠被一群人簇拥着走向学校附近的便利店，出来后大家手上都拿满了吃的喝的，说说笑笑。偶尔王乐棠也会喊他一块去，只是向晓楠和其他同学不大熟，没跟着一起。

原本他还有些羡慕王乐棠。然而过了一阵，他发现并不是这么回事。

那天他上完厕所，正准备回教室，突然卫生间里闹哄哄地挤进来两个同学。向晓楠瞥了一眼，都是他们班上的。他认出其中一个高高壮壮的是经常跟王乐棠一起玩的班上的体育委员张鹏，另一个矮一点的是余梓荣。

余梓荣说："鹏哥，你怎么老喜欢和王乐棠那个家伙一起玩啊？"

张鹏答："怎么啦，你有意见啊？"

余梓荣撇撇嘴，满脸不屑："长得跟头猪似的，

第四章 打架

看起来傻里傻气的。"

张鹏回:"那怎么啦?他就算是头猪,也是头有钱的猪。你没瞧见,他可大方了,每次去便利店都是他出钱。你不也吃过不少吗?"

余梓荣张大嘴巴:"确实有钱。不过你们这就被收买了,也太容易了吧?"

"又不是真把他当朋友,不过是逗他玩玩而已。"张鹏不以为然。

…………

原本正往外走的向晓楠听到这里,故意放慢了脚步,当听到他们把王乐棠称为"猪"的时候,向晓楠心里燃起了一团火。这团火越烧越旺,让向晓楠头脑发热,待到他意识到自己在干什么时,拳头已经砸在了余梓荣的脸上。

突如其来的一拳让余梓荣愣了神,待他反应过来,鼻血已滴得地上斑斑点点,逐渐滴成一摊红色。向晓楠自己也吓了一跳,没想到一拳威力有这么大。

余梓荣看到血,脸色唰一下白了,手哆哆嗦嗦地指着向晓楠,似乎不敢相信眼前发生的一切:"你打我?"说着,他拧起脖子,像头被刺激了的牛一般,朝向晓楠撞了过来。向晓楠当然不会发怵,身子灵活地往旁边一跳,手再扯住余梓荣的领口,另一只手捏成拳头,似乎准备再次下手。

一旁的张鹏见状,赶紧上前制止向晓楠:"向晓楠,好端端的,怎么跟个疯狗似的?"

向晓楠不管不顾,拨开他的手,似乎对他也要拳打脚踢,吓得张鹏赶紧拉着余梓荣躲到一边。很快,同学们都过来了,闹哄哄围成了一团。班长佟乐恺制止不了局面。班上最爱大惊小怪的女生叶若怡尖叫起来,引得其他班的同学纷纷探出脑袋,疑惑发生了什么事情。

巨大的动静把班主任柳老师给招来了。看着一片狼藉和地上的血迹,柳老师显然很生气,气得手一抖一抖的:"你们居然还打出血来了!这到底怎么回事?"

柳老师先看着向晓楠,向晓楠低着头,不说话。她又看向张鹏:"张鹏,你是班委,说说什么情况!"

张鹏瞥了向晓楠一眼:"我不知道怎么回事!我和余梓荣正准备上厕所,结果向晓楠就跟发疯一样,猛地打了余梓荣一拳。我去拉架,他还连我一起打。"

柳老师继续把目光投向余梓荣,"是这样吗?"此时,余梓荣的鼻孔已经塞住纸巾,血止住了。

余梓荣点点头。

柳老师问向晓楠:"他们说的是真的吗?向晓楠,你为什么出手打人?"

向晓楠偏着头,一脸执拗,一言不发。过了几秒钟,他看到王乐棠正在人群里朝他使眼色,才低声说:"他们……他们骂王乐棠……"说着他瞥了王乐棠一眼,王乐棠满脸茫然。

这个答案显然超出了柳老师的意料,她追问:"他们骂王乐棠什么了?就算他们骂王乐棠,你为什么要打人呢?动手打同学是很恶劣的事情……"

柳老师接下来的话,向晓楠一句都没听清。他脑瓜子里嗡嗡的,只听清最后一句话:"明天叫你家长来学校一趟。余梓荣同学先去校医室,做下检查,看有没有其他问题。大家都回教室去,马上就要上课了。"

余梓荣去了校医室检查,没什么大问题,鼻黏膜破损导致出血,不会有什么后遗症。上课时,王乐棠朝向晓楠使眼色,想问问他具体经过,但向晓楠终究没有告诉他。

下课后，王乐棠还惦记着这件事，不依不饶。向晓楠死活不说，生怕他听了会难过。

"搞什么嘛，神秘兮兮的。"王乐棠有些不满。

看着王乐棠一脸委屈，向晓楠思考了一会儿，憋出一句："反正，别和他们走得太近，感觉他们不是什么好人。"

王乐棠像个小大人一样，叹了一口气："你以为我不知道吗？他们无非是图我有钱，可以请他们吃东西。我都知道，他们根本就不爱和我玩，只要我不给他们花钱，他们就不会搭理我。不过这比我以前的同学好多了，那时候我在一所私立学校，学费很贵的那种，经常被同学们欺负。他们嘲笑我胖，说我是死肥猪，还打我。后来我实在受不了了，才转学到这里。至少现在这边的同学都不欺负我，我已经很开心了……"

原来王乐棠还有这样的遭遇，仅仅是因为胖，就被排挤欺负。向晓楠气愤起来："那你为什么不告诉老师？"

"没用的。和老师说了，他们顶多老实几天，等过阵子又欺负我，而且欺负得更狠。所以我没办法，

才转学到这里来嘛。在这边，顶多是花点儿钱，反正我爸妈给的零花钱多。"王乐棠嘿嘿笑了，"那你呢？你在以前的学校过得怎样？你瘦巴巴的，打架倒是很猛啊。"

向晓楠有些羞愧，不好意思地告诉王乐棠，自己以前是个捣蛋鬼呢。眼下，他担心的是另一件事情，老师让他明天请家长来学校，他怎么和爸爸开口呢？

他不禁向王乐棠寻求经验："你说我该怎么办？"

"能怎么办？直接和你爸说呗。不行的话，就和你妈说吧，妈妈一般不会那么凶。"王乐棠掏出一袋薯片，抓起几片猛地一下塞到嘴里，嘟嘟囔囔地说，"对了，我没听你说过你妈。"

"我妈……我爸妈好多年前离婚了。"向晓楠闷闷地说道。

"好吧，对不起，我不知道。"王乐棠露出歉意的神色，"现在离婚太正常了。我们班上好几个同学的爸妈也离婚了，我爸妈吵架时也整天嚷嚷着过不下去了，说要离婚呢……"

"我的问题是怎么和爸爸说学校要请家长呢。"眼看着王乐棠思维不知道又发散到哪里去了，向晓楠赶紧把他拉回来。

"还是实话实说吧。不然你爸知道你隐瞒打架的事情,肯定会更生气。大人最不喜欢我们撒谎,虽然他们自己总爱说谎话……"王乐棠又跑题了。

"看来,只好听天由命了。"打定主意后,向晓楠透过玻璃看向窗外,几只鸟儿正在树枝上跳来跳去。他不禁有些羡慕。

3

晚上,向晓楠连饭都没吃,做完作业就坐在沙发上,眼睛一直盯着门口,喃喃地打着草稿,看待会儿怎么和爸爸说。等到爸爸拎着个包装精美的袋子,真的开门进来了,他反而没了主意,杵在那里支支吾吾没敢开口。

爸爸看出来他不对劲,一边把袋子放下,一边问他是不是有什么事情。

"没……什么。"向晓楠结结巴巴。

"没钱用了?我房间里的抽屉里有些钱,你缺钱了就去拿吧!该花的钱咱不能省着。"爸爸言语关切,

这给向晓楠增加了一些底气。

"明天……明天你有空吗?老师说,老师说要你去一趟。"他默默祈祷着,爸爸可别大发雷霆。只是害怕的同时,他又有些好奇和期待:爸爸到底会如何对待自己?以前,向晓楠每次在学校闯了祸,爷爷总会毫不留情地教训他一顿。现在爸爸是会骂自己一顿,还是会动手……应该不至于动手,爸爸好歹读了不少书……向晓楠胡思乱想着。

"怎么了,是要开家长会吗?"

"不……不是。"

"那是怎么回事?"爸爸看着向晓楠。

"是……是我在学校打架了……"向晓楠干脆一咬牙,都说了出来。

"打架?好端端的为什么会打架?你没受伤吧?"爸爸一把拉过向晓楠,上下一顿检查,发现他没有任何问题后,这才拉下脸,表情凝重,"是你打了别人吗?为什么会打架?"

向晓楠倔强地别着脸。

爸爸盯着他,深吸了一口气:"说,到底怎么了?"

向晓楠的嘴依然紧闭着。

"你这孩子,怎么这么倔!"爸爸瞪了向晓楠一眼,胸口起伏着，却又拿儿子无可奈何。

爸爸生气了，但向晓楠发现，自己反而有种逆反的情绪在心底涌动。此刻，他只想激怒爸爸，看着他气急败坏。

毕竟，自己只是做了应该做的，凭什么别人说朋友坏话，他却不能出手去教训那些家伙？这些年来，陪伴他的只有爷爷，以前当他在乡下被人欺负时，爸爸又在哪里？这么一想，就觉得爸爸没有什么资格说自己。他理直气壮起来，顿时瞪着爸爸："不关你的事，我不要你管！"

"你是我儿子，我怎么不能管你了？子不教，父之过！"爸爸好气又好笑。

向晓楠却愈发觉得委屈，犟道："反正不用你管！"

"不用我管，那该谁来管你？让你变成一个小混混，到时被抓起来吗？"爸爸伸手，想拧向晓楠的耳朵。

向晓楠一把推开爸爸的手，积压的情绪喷薄而出。他不管不顾地朝爸爸吼着，似乎要把这些年来对爸爸的不满都宣泄出来："你凭什么管我？你又没教过我什么，你只知道工作工作工作。我长这么大，你知道我最喜欢吃什么吗？你知道我害怕什么吗？你什么都不知道，什么都没管过。现在有什么资格来管我？"

爸爸的脸色越来越阴沉。

向晓楠继续说:"别人的爸爸都舍不得和孩子分开,你却把我丢在乡下。要不是有爷爷,我早就成了野孩子。你令人讨厌,妈妈肯定也是讨厌你才离开你,我宁愿没有你这样的爸爸!"不知不觉间,喷涌而出的泪水已经流了满脸。

爸爸被向晓楠的话语气得浑身发抖。他举起了手,高高扬起,眼看巴掌就要扇到向晓楠的脸上,最终还是克制住了,然后无力地耷拉下去,整个人仿佛被抽空了所有力气,差点儿站不稳。

向晓楠还是觉得不解恨,朝爸爸喊了一句"我恨你",然后气鼓鼓地把门重重一摔,头也不回地向楼下跑去。

他再也不想见到爸爸,不想在这个家待下去。他要离开这里,走得远远的,回到乡下老家,守着爷爷的旧房过日子。反正家里有地,总不会饿死。

4

暮色低垂,浑圆的月亮高悬在天边,夜空如同一块深蓝色的巨大幕布,罩住了整个城市。这里的夜不比乡下,最不缺的是光亮,一轮太阳落了,月亮和星星出现,还会有无数盏灯亮起来。

向晓楠沿着小巷走到大街上,愤愤不平地溜达着。走了一会儿不知道该去哪儿,漫无目的地带着一丝兴奋,又有着对未来的茫然。

两个月了,他以为自己对这座城市已经足够熟悉,逐渐融入这里,成了其中一分子;眼下看来,还是缺了些什么。向晓楠不禁回忆起每次和爷爷吵架了跑出家门,用不上十分钟,就会有热心的同村大婶或者奶奶喊他去家里坐,一边贴心地留他吃饭,一边劝他不要和家里的大人硬碰硬。

周围人来人往,车辆川流不息,似乎比平时更加热闹。那么多陌生人,都无法倾听他内心的烦恼。此刻,他很想找人一块待着,就算不说话,有人陪着坐一会儿也好啊。

去找王乐棠?算了,他还不知道王乐棠家住在哪。

再说，他连那个旧手机都没带出来。去吃点儿东西？可是走的时候太匆忙，忘带钱了，只能看着小吃店里的食物咽口水。

饥饿像一只藏在向晓楠腹中的怪兽，将他心里对爸爸的那些愤怒逐渐吞噬。等到他在这条街道上来来回回走了十来次时，他也搞不清为啥会对爸爸发那么大的火了。

肯定还是要回去的。至少也要晚点儿回去，不然面子上挂不住。虽说向晓楠还不到十三岁，但他还是觉得不能被爸爸看扁。

第五章
中秋

> 难怪外面月亮那么圆,今天是中秋节啊。街上的人那么多,可惜这么美好的节日,却在和爸爸的吵架中度过了。

1

不知道在外面晃荡了多久,向晓楠重新折回了小巷,回到城中村。他不是很习惯这里的杂乱不堪,觉得大城市就应该满是高楼大厦、霓虹闪烁。

向晓楠也不是很习惯爸爸租的狭小的房子。电视里的有钱人都住在高级公寓里,推开窗就能看到城市的景观。可能王乐棠家就住在那样的房子里。即便他再喜欢,他也不会死皮赖脸地让王乐棠带自己回他家见世面的。

不过想那些都是多余,他连爸爸的出租屋都回不去了,连顿饱饭都吃不上,只能看着远处的摩天大楼望梅止渴了。

向晓楠突然有些怨自己,为什么就不能和爸爸客客气气地相处?也许这样就不会吵架了。可他当时完全控制不住,一股脑儿把心里话全说了出来。

他懊恼地随脚一踢,脚边的一颗石子撞击在十几米开外一家旧货店的大门上,发出"哐当"一声巨响。

糟糕,闯祸了!

向晓楠下意识地想溜走,结果一个声音传来:"是哪个家伙乱扔石头?不怕砸到人!"

他边心虚地走,边小心回头看了一眼,顿时呆在了原地——他看到一个熟悉的身影。原本以为这是自己的幻觉,毕竟来到深圳这么久,每次看到什么新奇的东西,向晓楠总会想到爷爷。可眼睛闭上再睁开后,那个头发花白、胡子拉碴的身影还在。

是爷爷的样子!

他揉了揉眼睛,仔细又看了一遍。城中村的灯光不比大街上那样亮堂,但已然足够看清楚了。

他沮丧地发现,果真是看错了——这个人比爷爷矮些,额头上的皱纹少一些,脸上的肉多一些。他比爷爷年轻些，顶多五十岁。不过，他的一身衣服灰扑扑的，爷爷才不会穿得这么邋遢呢。撇开这些，其他地方都很像爷爷，就连骂人的架势，都很有几分爷爷的样儿。

"是你扔的石头吗？"那个人朝他走了过来。

向晓楠这才想着道歉："对……不起。"

"算了，没什么损失，下次可不许再这样乱扔东西。要是砸到人，你爸妈可没那么多钱来赔。"这老头一脸凶狠，态度却没有不依不饶，似乎打算放过向晓楠。

一瞬间，向晓楠好像看到了爷爷的神态。

一想到爷爷再也不会出现，向晓楠心里就止不住难受，悲伤加倍翻涌。这股悲伤劲比爷爷做的辣椒面还呛人，让他一吸气就忍不住咳嗽起来，视线也变得模糊。

正想着，有脚步声传来。

是爸爸找过来了。

他满脸焦急，一只手用力地抓住向晓楠的胳膊："你这孩子去哪里了？知道我找了你多久吗？

"吃饭了吗？饿坏了吗？

"和我发脾气可以，别动不动就离家出走。走丢了咋办？"

爸爸的话语像连珠炮，劈头盖脸地射过来。

向晓楠原本想解释自己不是离家出走，只是想出来散散心，可看着爸爸喘着粗气、脸上满是汗水，一时不知道该说什么。

没等向晓楠回答，爸爸看见一旁的旧货店老板，和他打招呼时脸色好了一些："老许，是不是我家孩子弄坏你什么东西了？"

"没有，不碍事。这是你儿子吗？我说看着有点儿像你。"老许连连摆手，有一种异乎寻常的热情，"什么时候过来的？有空带他来店里坐坐啊。"

"好嘞，有空再说。"爸爸笑着摆摆手，拉着向晓楠往家的方向走去。

差不多是晚上十点半，小巷里稀稀拉拉的没几个人。父子俩刚走到家楼下，向晓楠心情好了一些，似乎忘记了和爸爸闹的矛盾："你和那个人很熟吗？"

"还好吧，认识两三年了，他一直在这附近回收旧电器。"爸爸若有所思。

"哦。"向晓楠低垂着头，拉开出租房的大门，开始爬楼梯。

爸爸发现他怪怪的，追问："怎么了？老许有什么特别的吗？"

向晓楠答："你……你不觉得那个人很像爷爷吗？"

爸爸思考片刻，很快又摇摇头："我怎么没发现？我觉得老许和你爷爷一点儿都不像。"

哼，你一年里能和爷爷待几天，我和爷爷待了多久，难道我还不比你更清楚爷爷长什么样子吗？向晓楠在心里否定了爸爸的说法，还是坚持"老许很像爷爷"。他不由自主地摸了摸胸口的那枚金戒指，要是爷爷还活着，就把他请到深圳来，和这个做电器回收的老许站一块儿。那一定跟照镜子似的，有意思极了。

父子俩回到那间狭小的出租屋，向晓楠这才记起，刚和爸爸吵过架呢，按理应该有骨气地不搭理爸爸。但爸爸看起来跟什么都没发生过一样，依旧很和善地对待他。这让他愈发觉得自己是在无理取闹。

向晓楠还没坐下，爸爸打开一个袋子放到了桌上。向晓楠看了一下，是一盒月饼。难怪外面月亮那么圆，

今天是中秋节啊。街上的人那么多，可惜这么美好的节日，却在和爸爸的吵架中度过了。

爸爸浑然不觉儿子的情绪，把月饼都拿了出来，问："你要什么味道的？有蛋黄莲蓉的、五仁的，还有豆沙的……自己挑。"

爸爸明显不清楚自己喜欢什么口味，要是爷爷在，肯定早就将他喜欢的蛋黄馅月饼递了过来。

每年，爷爷都会买两种月饼，一种是普通的五仁馅，一种是贵一些的蛋黄莲蓉馅。每次爷爷都会将蛋黄馅的留给孙子。向晓楠让他吃，他总是摆手不要，说自己年纪大了，吃不得太多蛋黄。可向晓楠明白爷爷其实是舍不得，因为有次向晓楠吃剩下半个蛋黄月饼，爷爷可是干干净净吃完了的，吃得一脸享受。

向晓楠心里涩涩的，咬一口月饼，很甜。蛋黄的口感沙沙的，还夹杂着一股香气，比乡下吃的月饼精细多了，但他此刻特别想念爷爷。

向晓楠抹了一下眼睛，装作若无其事的样子，咽着月饼。爸爸看他吃得有些急，给他倒了一杯水。向晓楠看了一眼爸爸，才发现爸爸一直盯着他看。于是，他忙把头扭向一边。

"对不起，刚才爸爸不应该那么激动。"爸爸的语气比之前平和许多,"你愿意和我说说,为什么要在学校打架吗?"

爸爸先给了他台阶下,这让向晓楠有些意外,反倒不知所措起来。他捧起水杯抿了一口,小声说:"他们在背后骂我的同桌……"接着,向晓楠把白天打架时的事详细说了。

"就这样,反正也打了,你想骂就骂吧。"说出来似乎轻松多了,向晓楠耷拉着脸,等待着来自爸爸的狂风骤雨。

爸爸只是伸出手,摸摸他的脑袋:"原来是这么回事。我觉得你并没有全错。说实话,如果换成我当年念书的时候,听到别人这样说我朋友,我估计也会忍不住冲上去干一架。所以,爸爸不会怪你。"

爸爸完全相信自己,而且没有批评自己!以前和同学打架被老师通知,爷爷不由分说就先训一顿呢。爸爸居然说自己没有全错。向晓楠瞪大双眼,一脸不可思议。

爸爸还笑着表扬起了他:"爸爸觉得你挺棒的,能够为朋友挺身而出,是个很勇敢还重感情的人。爸爸很为你骄傲。"

爸爸为自己骄傲?向晓楠简直要怀疑自己在做梦

了,他不是讽刺自己吧?

"是真的。"爸爸看着他,点点头。

向晓楠嘴巴微张,一时间愣住了。

爸爸接着说:"但无论怎么说,打人都是不对的。很多地方都贴了标语,'打赢坐牢,打输住院',怎么都不会有好处的。咱们要用文明的方式去解决问题,万一遇到解决不了的问题,记得找老师、找爸爸。再严重的事,可以找警察叔叔。无论是遇到什么事,都要冷静对待,明白了吗?"

"嗯。"向晓楠点头,爸爸说的确实没错,以暴制暴是不对的。不能用一个错误行为,去纠正另一个错误行为。

"那……明天去学校的事?"柳老师交代的任务,向晓楠始终没忘,不过这下他心里有底了。

爸爸拍拍胸脯,对向晓楠说:"明天我会去学校。有爸爸在,你不用怕。"

向晓楠觉得,好像有一个这样的爸爸还挺不错的。

3

第二天一早,爸爸果真没有早早去上班,而是特地向单位请了假。向晓楠心里有些歉疚,但还是没有说什么,洗漱完毕后默默跟着爸爸一起往学校的方向走去。

已经入秋,深圳还是很热,看不到天气变凉的迹象。大家踩着早上的阳光,继续朝气蓬勃的一天。

到了老师办公室门口,爸爸摸了摸向晓楠的头:"别怕,你先去上课吧,我去见你班主任。"末了,爸爸看着他神情忐忑,继续说,"没什么的,爸爸只是去和你班主任聊一下天,不要有心理压力。"

向晓楠点点头,转身往教室里走去。结果刚一坐下,王乐棠就神秘兮兮地靠了过来:"刚才那个是你爸爸吗?看起来和你有些像。"

向晓楠有气无力地"嗯"了一声。

"你爸昨晚知道你打架的事情,没有揍你吧?你爸的样子很温和,不像我爸,每次我惹了祸,或者考试成绩下降了,都给我一顿胖揍!"王乐棠龇牙咧嘴地说着,似乎还处于他爸带来的恐惧当中。

"哼,这还不止,每次我犯错了他还不许我玩手机游戏。我早想好了,等我长大以后,我爸也老了。他要是不听话,我就不管他,到时让他知道我的厉害。"王乐棠的心情瞬间好多了。

看着他这么没心没肺,向晓楠不禁有些羡慕。此时,他更忧虑的是班主任柳老师会跟爸爸说自己表现不好,两人不会吵起来吧?

在乡下上学时,班主任是位年纪不小的老先生。有一次向晓楠和同学打架,没想到爷爷被叫到学校后,跟班主任一言不合,差点儿打起来,这让他那阵子生怕班主任会针对他。

"柳老师和你爸看起来都那么温和,怎么可能吵起来?你可别胡思乱想了。"对于向晓楠的忧心忡忡,王乐棠觉得完全是杞人忧天。

向晓楠在不安中度过了一节课。上课时,他有意地往柳老师办公室那边瞅,想看看能不能发现一些动静。

4

终于挨到了课间休息,柳老师叫向晓楠过去。

王乐棠对向晓楠做出一个"加油"的手势:"别怕,没什么的。"向晓楠点点头。走到办公室门外,就看到爸爸正坐在沙发上。幸好,并没有硝烟弥漫的气息。

发现是儿子进来了,爸爸转过身对他微微点头。

向晓楠依旧十分忐忑,不知道爸爸和柳老师聊出了什么结果。他小心地走到老师桌前,脑袋耷拉着,像一棵太阳下山后的向日葵。

"不用这么紧张,老师叫你爸爸来,主要是想多了解你一些。毕竟你刚转学过来,我们还不够熟悉。"

今天的柳老师很友善,她喝了一口水,继续说:"你们这个年纪偶尔看到不平事,心里总想着出头。但是一定要记住,千万不要被情绪所支配,把好事变成了坏事。刚和你爸爸聊了很久,你爸爸也已经开导过你,我相信你会从这件事中有所成长。"

"我们晓楠其实内心很善良,就是看不得身边的人受委屈。"爸爸在一旁插了一句。

向晓楠瞥了一眼爸爸,心里泛起一阵暖意。

向晓楠心想,果真是女老师温柔,尤其是做了妈妈的,有种亲切的感觉。柳老师做了妈妈这件事是从哪里得知的?当然是王乐棠告诉他的,也不知道他从什么途径得来的这些小道消息。

看着满脸笑意的柳老师,向晓楠不禁有些想念自己的妈妈。

妈妈的印象在他脑海里实在淡薄,最后一次见到她时,向晓楠还不到六岁。这可怜的一丁点儿记忆,早就在时间的河流中被冲刷得无比模糊。要不是有一次他在爷爷家的抽屉里,翻到过爸爸妈妈结婚时的照片,他肯定连妈妈是胖是瘦都不记得了。

当然,他相信若妈妈出现在面前,他可以第一时间认出她来。想到这里,他又下意识看了下一旁的爸爸,忍不住好奇起爸爸妈妈离婚的原因来。

"既然余梓荣不严重,他家长也没说要追究,这次打架的事情就算了。待会儿我叫余梓荣过来,你给他们道个歉,记得态度好一点儿。"柳老师温柔如水的声音,将向晓楠从走神中拉了回来。但听说要道歉,他感到头疼。

向晓楠攥紧裤边,并不想道歉。

爸爸注意到了他的小动作,转头使了个眼色。但向晓楠挪了一下脚步,不知道听进去没有。

果真,当他站在余梓荣面前要开口道歉时,感觉就像嘴里堵着一口痰,死活吐不出来。过了半晌,他把脸扭向一边:"道歉也可以,但他们也要保证不再欺负王乐棠,不然我不会给他们道歉。"

余梓荣和张鹏面面相觑。

柳老师气急而笑:"你放心,我会一视同仁的。"

听柳老师这样说,向晓楠才梗着脖子,飞快地说了声"对不起",声音小得跟蚊子哼哼一样。

余梓荣和张鹏当着柳老师的面还算老实,勉强接受了他的道歉。当然,柳老师问过张鹏和余梓荣后,确认向晓楠说的没有出入,她也认真地将他们教育了一顿。毕竟这件事起因在他们身上,要不是他们背地里说王乐棠的坏话,向晓楠也不至于这么冲动,为朋友挺身而出。

"好了,既然都知道了自己的错误,那你们就回去吧。以后记得和睦相处,不要再打架。能够坐在一个教室里读书,就是一种缘分。你们毕业了,说不定还会特别想念彼此呢。"说着,柳老师摆摆手,让余梓荣和张鹏两人先回教室去上课。

只剩下向晓楠和他爸时,柳老师才问:"怎么样,

你对处理结果满意吗?如果有意见,趁着你爸爸在,可以向老师提出来。"

"没……没意见。"向晓楠连忙摇头。爸爸则忙不迭向老师致谢。父子俩这才和柳老师告别。

送爸爸出学校时,向晓楠走在爸爸前面两步,他满脑子都在想,是不是该对爸爸说声"谢谢"。正犹豫不决时,爸爸反而先开了口:"好啦,这件事总算解决了,晓楠可以放心了。"

向晓楠心里仿佛一块大石头落了地,连头顶的阳光都明媚了几分。他想,幸好爸爸没有怪自己,还在柳老师面前帮着解释,这才让他刚刚站在老师办公室时,无形中多了不少勇气。

他侧着头看爸爸,感觉爸爸莫名熟悉了许多。

站在校门口,爸爸再次强调:"记住了,以后遇到问题时,一定要理智;实在解决不了就找爸爸帮忙。不能欺负别人,也不要被别人欺负,爸爸一直会是你坚强的后盾。"

是吗?向晓楠反复回味着爸爸的话,心底柔软了几分。

5

那天晚上，向晓楠先随便煮了面条吃，又看了会儿电视，还没等到爸爸回家。他突然想起了老许，借着丢垃圾的机会，他来到了老许的旧货店。

老许依旧穿着之前那件脏T恤，正在把回收来的电器分门别类。附近有好几家回收旧家具、电器的门面，听爸爸说过，他们把还能用的放在店里摆卖，不能用的将里面的零部件拆下拿去卖废品。

分好类后，老许又开始埋头拆一台旧空调。他先把空调外壳卸下，再拧开螺丝，将里面的部件一一拆分，最后将金属部分取下，用水冲洗后，收集到一个筐里。他干得有条不紊，就像以前爷爷用竹条编簸箕一样，全神贯注。

向晓楠静静地蹲在墙角，看了十来分钟，路灯将他的影子拉得老长。

等到一辆车鸣着喇叭从前面的小路经过时，老许才抬起头，看到蹲在那里的向晓楠。

"小孩儿，你不回家，在这里看什么？"老许皱着眉头，看起来有些凶，凌乱的胡子被风吹得一抖一抖

的,像极了曾经爷爷发脾气的样子。

向晓楠一声不吭,有种转身就跑的冲动,但还是鬼使神差地待在了原地。

老许端详了一下他的面孔,说道:"哦,我想起来了,昨天见过你。你是小向的儿子吧?我和你爸认识。别怕,我又不吃人。"似乎发现向晓楠有些害怕,他咧了咧嘴角,挤出一个饱经风霜的笑容。

向晓楠猜想他口中的"小向"应该是指爸爸,便点点头。

"放学了怎么不回家?你爸不着急吗?"老许继续忙活,一边收拾那堆废旧电器,一边和向晓楠有一句没一句地聊着。

"他还没下班。"向晓楠答道。

夜色低垂,淡黄色的月亮依旧很圆润,浮在天边守望着人间。在路灯的照耀下,晃动的树影和被人丢弃的垃圾袋在地上互相追逐。偶尔有几片树叶掉落,又被风不断驱赶着向前滚去。

"哦,要进来坐吗?"老许终于停下了动作,转身走进堆满杂物的店里。过了几秒钟,他出来了,手上拿着一个塑料袋,递给向晓楠:"这是我之前买的,没吃完,你吃点儿?"

向晓楠看了看，是一袋糖炒板栗。他想起以前爷爷说过不要随便吃别人的东西，便摇摇头，拒绝了这份好意。

他起身却发现蹲了太久，脚已经开始发麻，不由自主地后退几步。随后，他转身慢慢挪回家。老许看着他越走越远，没说啥，拍了拍手上的灰，继续摆弄起那些旧电器。

在这之后，每隔一两天，向晓楠都会特地跑到老许的旧货店。对他而言，这个和爷爷长相相像的老头儿，像是镶嵌在大城市中的一枚符号，可以让他觉得深圳并没有那么陌生与冰冷。老许也习惯了他的到来，偶尔有人来买二手货，老许忙不过来，还会让向晓楠帮忙照看下。

向晓楠依然不爱说话。老许请他吃零食，他倒会顺手接过吃一点。

第五章 中秋

第六章

礼物

> 向晓楠喉头那股哽咽的感觉越来越强烈,有万千话语无从说出口。他只觉得,心里那层坚硬的壳,似乎被什么东西浸泡得软化了。

1

在大家的期盼下,国庆长假总算姗姗到来。放假前的下午,教室里叽叽喳喳的,家境好的同学都在兴奋地讨论着要去哪里玩,剩下向晓楠这些外来务工子弟基本都没怎么出声。

"我打算去香港迪士尼。之前去过一次,里面的城堡真的太棒了,看起来就和电影里的一模一样。还有花车巡游也很壮观,可以看到好多迪士尼电影里的公主……"热衷做公主梦的叶若怡说得绘声绘色,已经开始了美好的展望。

余梓荣却嗤之以鼻:"切,迪士尼有什么玩的?女孩子才会喜欢,我爸妈打算带我去三亚,那里的海可比深圳的海漂亮多了。据说还有白色的沙滩,躺在白沙滩上晒太阳,别提多爽了,想一想都觉得美滋滋。就是酒店有些贵,一晚上要上千块喔。"

没想到王乐棠毫不客气地揭穿了事实:"哈哈哈哈哈,那个白沙滩可不能随便躺,因为白色的沙滩绝大多数都是鹦鹉鱼的屎,躺上去相当于被埋在一堆屎里……"

这个惊世骇俗的说法让余梓荣愣住了,他鼓着眼睛:"你瞎说,那怎么可能是鱼屎?明明是白色的沙子!"

"真的,我之前看过一本科普书,上面说了,白沙滩大多是这样形成的,连马尔代夫85%的沙子都是鹦鹉鱼拉出来的呢!不信我到时候把书带来给你看看。"王乐棠没注意到余梓荣的怒气,还在解释着。

眼看一场争吵即将产生,班长佟乐恺出面平息了这一切:"别吵了,待会儿小心柳老师看到批评你们俩。"

听到这,余梓荣果然白了王乐棠一眼,不说话了。

大家由大声讨论变成了窃窃私语。向晓楠拉了拉王乐棠:"你干吗和他争这个,多没劲儿。"

"可这是事实嘛。"王乐棠不以为然。

看着王乐棠这个样子,向晓楠心里叹了口气,似乎明白了为什么余梓荣不喜欢王乐棠——他实在是直肠子,一不小心就会得罪同学。不过,这可能也是他的优点吧,至少性情直爽,不用让人费太多心思揣摩。

"对了,你国庆节去哪里呢?"王乐棠捅了向晓楠一下。

"我……我还能去哪里?待在家里呗。"向晓楠确实不知道去哪里。爸爸估计又加班,没有大人带领,他也只能留在深圳,要么去图书馆,要么去博物馆,最远最远,估计只能去一趟梧桐山。

"那你明天可以来我家玩啊。我爸妈原本说要带我去北京看国庆70周年大阅兵,结果他们公司临时有事情要处理,得晚一天出发,所以明天我就空出来了,正愁没人一起玩呢。"感觉抓到了一个玩伴,王乐棠顿时来了劲。

看着王乐棠满是期盼的眼睛,向晓楠只得应下来。

来深圳之后,他还没去过别人家。王乐棠平时穿着打扮都很新潮,家里有钱,住的地方应该很高档吧。

向晓楠期待的同时，看着自己的小房间叹了口气。去同学家可不能再穿校服，得穿件好点儿的。当天晚上，向晓楠在衣柜里翻了好久，都是些旧衣服。原本爸爸给他买的新衣服，他舍不得穿，放在一边，眼下不得不拿出来换上，免得让人看扁了。

换好衣服后，他看着镜子里的自己，一米六的个子，不算高也不矮，穿着一身剪裁得体的新潮衣服，头发理得短短的，散发着洗发水的香气，完全是一个城里孩子的模样。

他不禁想起刚进城的时候，自己一头乱糟糟的头发，黑红的脸蛋，衣服也满是折痕，球鞋洗得发白。短短几个月时间，他整个人变了很多，城市真是个神奇的地方。向晓楠为这个变化感到很满意，甚至忍不住对着镜子比了个"耶"的手势。

这一幕，正好被推门进来的爸爸看到。爸爸眼前一亮："不错，挺好看的，有你爸爸当年九分帅气了。"

向晓楠顿时有些不好意思，没想到爸爸居然会开玩笑。向晓楠应了一声"你回来了"，就快速回到自己房间。想了想，又换回之前的旧衣服。

2

假期第一天是大晴天,路上的车辆比平时要多一些。向晓楠按照王乐棠说的地址,原本以为要走很长时间,结果等他来到一个装修豪华气派的小区大门前时,才惊讶地发现,已经到了目的地。

这里离学校明明很近,最多一公里,走路也就一刻钟。向晓楠想到每天放学都要打车回家的王乐棠,顿时内心又骂了一句"败家子"。

他拿出爸爸给的旧手机,打算给王乐棠打个电话,想了一下,又将手机放回口袋。打电话还要话费呢,他决定直接让保安叔叔开门。然而看着那个穿着制服、站得笔直的保安,他又无端地有些紧张,生怕一出声就露怯。

正当他在原地踌躇时,一声响亮的"小南瓜"把他拉回现实。远远一看,从小区里向这边跑来的正是王乐棠。

"你咋不给我打电话呢?要不是我正好出来拿快递,看你还要在这里站多久。"王乐棠大大咧咧地说着,一只手亲切地搭在向晓楠肩膀上。向晓楠嘴角抽了一抽，这才跟着他踏入那座富丽堂皇的小区大门。经过保安岗亭时，对方目不斜视，还对他们做了个标准姿势的敬礼，愣是把向晓楠给吓了一跳。

还没等他回过神，王乐棠已经拉着他往小区里走去。大门口一进去就是一个几百平方米的人工湖，湖中央立着一个美人鱼雕塑。清澈的水从美人鱼手中的瓶子里淌出，落入湖中发出哗哗的声响。湖中还游动着成群的金色鲤鱼。

跟着王乐棠，他穿过前面的高楼区域，来到了后面的别墅区。一路上，向晓楠左顾右盼，目不暇接，生怕漏掉了什么新奇事物。快到了，他忍不住在心里暗骂自己，真没出息，自己怎么跟刘姥姥进大观园一样。

王乐棠没注意到向晓楠好奇的模样，而是在碎碎念着今天中午吃什么："要不我们吃比萨吧，好久没吃了。"

向晓楠当然没有任何意见——也不知道该提什么意见，反正好多东西他都没吃过，当然是客随主便了。进了王乐棠的家门，向晓楠忍不住又被震撼了一下：这里简直太大了，三层楼，每层楼都很亮堂宽敞。要是在乡下，简直可以摆下二十桌酒席，外面还有个大

得可以跑八匹马的院子。

王乐棠带着向晓楠参观每一间房,尤其是书房,不仅有带两个屏幕的电脑,还有特别多的书。尤其是书架上的那些书,吸引了向晓楠的目光。

"哎,你买了这么多啊!"他拿起一本书,之前王乐棠偷偷带去过学校,他蛮喜欢看的,有次还借回了家。可惜有些贵,自己可舍不得买。

"对啊,这个系列每次出新的我都买了,你想看就和我说。"王乐棠一如既往地大方。

参观完书房,来到几间带卫生间的大卧室,还有超大的厨房,向晓楠看得瞠目结舌。等全部参观一遍,半个小时过去了。向晓楠叹了一口气,说:"你家可真大啊,卫生间都比我的房间大。"

"房子大有什么用?每个月找阿姨做卫生都很麻烦,再说,我又不需要这么大空间。"王乐棠倒颇不以为然,"披萨已经到了,我们先去吃东西吧。我快饿死了,早餐没吃饱,现在肚子咕噜咕噜叫呢。"

向晓楠看着他满身的肥肉,欲言又止。两个人草草地吃了一顿,就瘫倒在沙发上,一边看电视一边有一句没一句地聊天,不知怎么就聊到了星座上来了。

向晓楠不相信星座,他觉得那些和迷信没什么两样,缺少科学依据。王乐棠却很相信星座:"我觉得星座还蛮准的。你瞧,我是射手座,所以我平时都没啥烦心事,总是傻乐呵。"

他又问向晓楠:"你是什么星座?说说看和你的性格符合不。"

"我算算啊……"想了一会儿,向晓楠不确定地说,"10月13日的生日,是天秤座吧?"

"没错,是天秤。"王乐棠确认了,不过他立刻又瞪大了眼睛,"那你岂不是马上就要过生日了?你打算怎么过呢?要搞个派对,叫关系好的同学一起热闹下吗?"

你当我是你这个大少爷啊,哪有这个闲钱。向晓楠腹诽着,摆了摆手:"还能怎么过,就这样过呗,反正只是普普通通的一天。"

他又想起爷爷每次都会在自己生日那天煮上一碗堆得高高的面条,上面再卧一个煎得脆脆的荷包蛋。每次看着他吃完,爷爷沟壑纵横的脸上,都会露出满意的笑容。只是现在,应该没有人会给自己煮鸡蛋面了,说不定爸爸都不记得他是哪天生日。

"怎么可以随便过呢?这可是个很有意义的日子,毕竟又大了一岁呢。"王乐棠皱着眉头,竖起一根手

第六章 礼物

指左右摇晃着,"你有什么想要的东西,到时候我送你,就当生日礼物了。"

向晓楠可不想白白要别人东西:"不要,不需要你送什么礼物。"

其实,收礼物的感觉还是挺好的。小时候,爷爷会用竹子削一些刀啊、剑啊之类的小玩意给他。后来他长大了一些,这些东西都被收起来,放到床下面的柜子里,不知道现在有没有被虫子蛀坏。

这样一想,向晓楠就对爸爸愈发不满起来。这些天,爸爸除了给他买过衣服,根本没送过他什么礼物。他觉得爸爸完全没把他放在心上。

转眼到了向晓楠生日那天。恰好是星期天,爸爸居然没有去加班,而是留在了家里。这让向晓楠心里腾起一丝希望。

可直到吃中饭的时候,爸爸也没有任何表示,没看到生日蛋糕,更别提生日礼物了。

爸爸从楼下打包了两份叉烧饭。两人不做声地吃完饭,向晓楠就躲进自己房间,用那台旧电脑看起了电视剧。

听着阳台上爸爸洗衣服发出的哗哗水声,向晓楠心里感觉有股闷气正在发酵,似乎要喷薄而出。他也说不清,明明没有指望爸爸给自己过生日,自己在生什么气?

可能潜意识里还是存有一丝侥幸吧,希望爸爸能够像爷爷那样,记得自己的生日。可是从早上一直到现在,他都没有任何表示,渺小的希望一点点化作失望,这种滋味并不好受。

向晓楠故意把电脑声音开得很大,听电视剧主人公充满雄心壮志地喊着,好像这样就可以将心中的失落掩盖住。

然而,失落的情绪和秋日的风一样,无孔不入,难以掩饰。

向晓楠"啪"的一声把电脑关上,一头扎到床上,用毯子将脑袋蒙住,像只鸵鸟一般,想把外面的一切以及烦恼隔绝在外。

他就这样迷迷糊糊地睡着了。等到被一泡尿憋醒后,发现外面日头已经西斜,阳光透过楼与楼之间狭

第六章 礼物

小的缝隙钻了进来。家里安安静静的，没一点声音。向晓楠迷迷瞪瞪地起床，去厕所撒了泡尿，洗了手，还是没听到任何响动。

爸爸房间的门大开着，空无一人，墙上时钟的指针指向了四点。向晓楠去做了一会儿作业，突然门被打开了。

爸爸回来了。

向晓楠心里还生着闷气，连头都不想回。爸爸喊了一声："晓楠，过来，看看爸爸给你买了什么。"

向晓楠心想，能有什么，无非是些菜吧。于是有气无力地回头，却看到爸爸除了拎着菜以外，还有个大纸盒，盒子上印着蛋糕的图案。居然是生日蛋糕！

向晓楠顷刻间振奋起来，他按捺住内心的欣喜，假装若无其事地走向爸爸："买这个干什么？"

"今天不是你生日吗？爸爸刚去取了订的蛋糕回来。"原来还是提前预订的，看来爸爸记得自己的生日。

向晓楠的嘴角动了动，硬生生憋出一句"谢谢"。爸爸只是笑笑，像往常那样拍拍他的肩膀，去厨房准备晚餐。

吃饭时，桌上的菜明显比中午好很多，而且都是向晓楠爱吃的：辣椒炒肉、清蒸鲈鱼、肉末蒸蛋……

不知道爸爸是不是特地练习过，这一个多月来，他的厨艺渐渐有了一些进步，虽然谈不上色香味俱全，但至少能够入口了。

看着眼前这桌菜，向晓楠知道爸爸一定花了很多工夫。他深吸了一口气，闻着空气中的饭菜味道，眼睛突然有些模糊，嗓子里似乎有什么东西在轻轻跳动，有些痒。他只得埋头吃饭，试图将那种异样的感觉压下去。

4

饭后，爸爸将桌子简单收拾了一下，就把蛋糕摆了上来。

蛋糕并不算大，只比向晓楠的巴掌大一点儿，但很好看，鲜红的草莓点缀在雪白的奶油上，像是雪山顶着一枚小太阳，上面还竖着一个小小的奥特曼，旁边的生日牌上写着一行字——祝儿子生日快乐，健康平安。

这是十多年来，第一个属于自己的生日蛋糕，以

前爷爷煮的荷包蛋面条虽然很好吃,但他一直很想有生日蛋糕,毕竟对着蛋糕和蜡烛许过愿,才叫过了一个完整的生日。

爸爸将生日王冠给向晓楠戴好,点燃蜡烛,关了灯说:"来,给小寿星过生日啦。"

"祝你生日快乐,祝你生日快乐……"烛光晃动,爸爸一边打节拍,一边唱着。歌声不算好听,向晓楠听得五味杂陈。他忍不住想起之前在乡下的那些日子,还有爷爷、爸爸,以及许久未见的妈妈。

这一刻的向晓楠,双手在微微颤抖。

"好了,儿子,许个愿吧。"向晓楠发现,爸爸眼中似乎有亮光。

"嗯。"向晓楠抹了抹眼睛,看了一眼爸爸,于是双手交握许愿,"希望这一切永远都不会消失,希望永远都像今天一样。"他在心中默念。曾经向往过无数次的生日场面照进现实,向晓楠生怕这是个梦:眼前的蛋糕,用心的爸爸,以及越来越好的生活……

现在的一切已经很好了,他并不敢奢望更多的东西。

许愿之后就是吃蛋糕。以前乡下邻居家有老人生日,城里的晚辈买了蛋糕来,分给过向晓楠和爷爷两块。那时他觉得蛋糕可好吃了。可今天爸爸买的这个蛋糕更好吃,他轻轻一抿,散发香甜气息的奶油在口中融化,格外顺滑;就连爸爸觉得有些酸的草莓,他吃着也刚刚好。

最后,向晓楠连那块生日牌也吃了。那是巧克力做的,嘎嘣脆,浓郁的香气充斥鼻间,让他吃完后忍不住舔了舔嘴唇。蛋糕上的装饰品奥特曼,他擦干净后收好。

吃完蛋糕,向晓楠以为这个生日就过完了。

没想到,还有更让向晓楠想不到的东西。

爸爸转身去自己房间抱出个大箱子,交到他手上,"给你的,儿子,祝你十三岁生日快乐!"爸爸的表情有些不自然,一张略微发黑的脸在暖黄色的灯光下看起来格外亲切。

向晓楠托着箱子,呆了几秒钟,又说了声"谢谢"。想了想,他重复了一遍"谢谢爸爸"。这是他几个月来第一次当面这样叫他。其实刚才蛋糕出现的那一刻他就想叫,但忍住了。现在看到爸爸提前准备的礼物,顺其自然叫了出来。

原来,这声"爸爸"也没那么难以说出口。

爸爸也很意外,他有些不自在,搓了搓手:"本

来只想买一个,但后来又想,既然买了今年的,干脆就把前几年的也一起补上好了。这些年你跟爷爷在乡下,我没回去陪你过生日,委屈你了。"

回想之前,有一次生日时,向晓楠吃过爷爷煮的荷包蛋面后,想爸爸妈妈想得躲起来哭。凭什么别人有爸爸妈妈陪,而自己,除了爷爷什么都没有。

向晓楠眼中好像起了雾,他抬手擦了一下,开始拆装礼物的箱子,里面竟然不止一个盒子。

"这么多?"向晓楠有些震惊。

"觉得你可能会喜欢,就都买下来了。"爸爸最初还是笑着在说,渐渐地声音变小,"以前也没给你买过生日礼物,就算是……"最后的话他没说完。

是啊,如果每年生日,爸爸都给自己送一份礼物的话,可能还不止这些。

向晓楠依稀记得,六岁那年,爸妈离了婚,他就被爸爸送回了老家的爷爷身边。当时他哭得鼻涕眼泪一大把,可爸爸依然狠下心肠,把他留在了乡下。

对爸爸的怨气,大概从那时候就已经种下了。

他先从最大的盒子拆起,打开是一双运动鞋,颜色是他喜欢的红白相间。他对这鞋有些印象,那次自己和爸爸去欢乐谷,有人穿了这双鞋,当时他盯着看了几眼，没想到这个细节竟然被爸爸注意到了。他将鞋放到脚上比划了一下，尺码正合适。

转过头，他开始拆其他盒子，都是一些他喜欢的或者需要用到的东西，有笔记本和笔，有书，甚至有最想要的玩具……

"喜欢吗？如果不喜欢就重新买吧，虽然现在没什么钱，但只要你喜欢，爸爸能买的尽量给你买。"见向晓楠不说话，爸爸凑过头来连忙说。

"不是。"向晓楠打断他，想了想说，"喜欢，挺好的。"

"喜欢就好。"爸爸的笑声中带着些许如释重负的意味，退出了向晓楠房间。

爸爸是怎么知道自己喜欢这些的呢？向晓楠想起之前借过王乐棠的书和玩具回家，可能那时爸爸就发现了吧。

原来，爸爸一直在默默关注自己。这个发现让向晓楠感动之余，又有些不好意思。

虽然礼物加起来也算不上昂贵，可能抵不上王乐棠一个月的零花钱，但向晓楠喉头那股哽咽的感觉越来越强烈，有万千话语无从说出口。他只觉得，心里那层坚硬的壳，似乎被什么东西浸泡得软化了。

有风穿过没关严的窗户缝隙钻了进来,在屋子里旋转徘徊。向晓楠静静地坐在地板上,陷入沉思。

他很想跑过去，对爸爸说点什么，或者给他一个拥抱，但他有些不知所措。不知道从何时开始，眼泪开始止不住地沿着脸颊往下淌，泪水比爷爷下葬的那天，还要多，还要汹涌。

第六章 礼物

第七章
解围

> 大家都是同学嘛,肯定是要站出来的。再说,就算是不认识的人,我们也不能看着好人被冤枉啊!

1

之后几天,向晓楠明显地对爸爸多了一些关注。早上起来听到爸爸在咳嗽,放学回家时,他特地绕到有药店的那条路,用自己攒的零花钱买了胖大海泡水,好让爸爸下班后一进门就可以喝。

不过,要对多年来未曾亲近过的爸爸释放善意,向晓楠多少还是会不好意思,每次听到钥匙插进门锁里的声音,他就立马钻回自己房间。

爸爸把这些细节看在眼里,猜到儿子心里的那点别扭劲,也不点破,默默接受了这份好意。这让向晓楠觉得自在了不少。

十月的深圳,和湖南的夏天差不多,依然阳光炙热,只是空气中少了盛夏时分的黏稠,愈发有了天干物燥的感觉。大家坐在教室里,很容易昏昏沉沉。

向晓楠在学校食堂吃过午饭,正准备回教室趴会儿,王乐棠突然悄悄跟他说:"下午放学后先别回家,我们去逛下商场。"

这家伙,又要去花钱了。按爷爷的话说,简直是败家子数元宝——光出不进。幸亏他家境富裕,换成别人,估计早被爸妈一顿狠揍。不过,向晓楠倒发现,最近王乐棠和张鹏那伙人玩得少了,估计和他说的那些话有些用。但这导致的结果就是,王乐棠成天缠着向晓楠一起玩。

哎,得找个机会帮他和班上的同学把关系处好一点,不然自己成天带着这么个"跟屁虫"很无奈啊。向晓楠打了个哈欠,把头换了个方向。他实在太困了,看着窗外的白云在空中缓缓飘移着,很快就睡着了。

放学后,王乐棠就拉着向晓楠往附近商场跑。向晓楠知道那里的东西不便宜,爸爸就在那里给他买的那身新衣服,花了好几百块呢!所以向晓楠一直都不

舍得穿，那次去王乐棠家，怕掉面子才穿了一次。

"我的大少爷，你又要买什么？"向晓楠被拽着胳膊，有气无力地说。

"不是我要买，是给你买。之前不是说要送你生日礼物吗？我可不能言而无信。"王乐棠撇撇嘴。

"我不是说不要了吗？别乱花钱。"向晓楠义正词严地拒绝。他是真的不想收王乐棠礼物，一方面不想欠他一份情，另一方面，要是收了礼物，到时王乐棠生日，自己岂不是又要想办法回礼。向晓楠知道，这就和以前乡下摆酒一样，别人来你这里随了份子钱，到时人家家里有喜事，你又得把份子钱还回去，何必这么麻烦。

"来都来了，就算不买，也先看看呗！反正你爸在加班，我爸妈也在忙，今天又没什么作业，回家无聊得很。"看到向晓楠态度坚决，王乐棠便行缓兵之计，打算先把他拉到商场再说。

商场里人倒是不多，王乐棠和向晓楠先逛了超市，没看到什么好玩的，又去服装区溜达了一圈。最终，他们来到了三楼。这里有好几家精品店，里面专门卖一些手办和玩具，经常有学生在这里逛。

原本向晓楠不想过去的，他对那些昂贵的东西不感兴趣,也不敢有兴趣,毕竟动不动一套手办就要上千块。但他拗不过王乐棠的蛮缠,只好百无聊赖地跟着一起看。

2

突然,原本正在商品货架前选购的王乐棠,指着一个方向对向晓楠说:"看,那是余梓荣吗?"

向晓楠顺着他指着的方向看过去,果真,那个个子不高、身材瘦瘦的男生不正是余梓荣吗!还穿着和他们一样的校服。不过余梓荣没有发现向晓楠他们,此刻正站在隔壁的乐高专卖店门口,专心致志地盯着一个巨大的飞碟模型仔细看。

"没错,是他!"向晓楠点点头。

"我就说嘛,我肯定不会看错的。不过他好有眼光,他看的那个'星球大战千年隼'我也很喜欢,超贵的,至少要八千块。我都舍不得买。"王乐棠嘀嘀咕咕地说。

一个积木玩具要八千块!

向晓楠瞪着眼睛,难以置信。向晓楠顿时觉得自

己大开了眼界,也不知道这积木是金子镶的还是银子打的。来深圳好几个月了,他身上的乡村气息虽然正在不断褪去,但还是对很多东西无法理解。

王乐棠看向晓楠眼勾勾地朝着乐高模型的方向,忙捂住自己口袋,小声嘟囔:"你可别指望我给你送个这么贵的礼物,我这个月的零花钱可不多了……"

就算你敢买,我都不敢收呢!不然一不小心摔烂了,我非心疼死不可。向晓楠翻了个白眼。

但事情偏偏就这么凑巧,正当向晓楠打算把目光从乐高店和余梓荣身上移开时,他发现自己的想法竟然可怕地成真了——一个不知道从哪里跑出来的小男孩,挥舞着一根棒子从余梓荣和乐高店门之间穿过,结果棒子的一端正好打在了模型上。

"哗"的一声,乐高模型顿时倒落在地,飞船摔成了几片,积木散落一地。不用说站在前面的余梓荣,连隔得这么远的向晓楠,都觉得心疼。而那个惹事的熊孩子反应快得很,一溜烟儿不知道跑到哪里去了。

很快,原本正在玩手机的乐高店员听到响声走了出来。那是个身材高大的年轻人,看到地上散落的模型碎片,顿时脸都绿了,立刻一把抓住余梓荣的手臂,厉声质问:"同学,是你弄的吧?"

平时在班上口齿伶俐的余梓荣，此刻完全被吓傻了，结结巴巴地说："不……不是我！不是我！是……是刚才一个小孩弄的……"

店员不相信，拧着眉毛，抓着余梓荣的那只手完全没松开："怎么可能不是你？这里明明只有你，哪里来的小孩？刚才我就注意到你了，你看就看，没事用手碰什么？没看到旁边不许触摸的标识吗？"

余梓荣还在挣扎，可是他的力气哪有一个二十多岁的成年人大呢。"我说了不是我，我只是站在这里看着，根本就没动它。那个小孩早跑了！"

"同学，别做了又不敢承认。打电话叫你的家长过来吧。我眼睁睁看着这里只有你一个人！"店员油盐不进，摆明了要余梓荣背这个黑锅。

余梓荣一听到要叫家长，脸唰一下白了。

"这太欺负人了！"王乐棠首先忍不住了。他也没和向晓楠商量，径直走了过去，要为余梓荣做证。

向晓楠看着他急匆匆的样子,忙跟了过去。

"我可以做证,刚才我看到这位同学一直站在这里没动,没用手触摸。是一个小孩跑了过去,才导致这个乐高模型摔坏了。"王乐棠说着,脸上的肉随着他说话的节奏一抖一抖。

向晓楠也挺身而出:"对,我也看到了,根本就不是这个男生动的,是一个拿着棍子跑过去的小孩。"

看着突然出现的同班同学,还是和自己有过矛盾的向晓楠和王乐棠,余梓荣十分意外,说话的底气也足了:"现在我有人做证,你可以放开我了吧。"

男店员看了看向晓楠和王乐棠身上的校服,又看了看余梓荣,突然眼神凶狠地吓唬道:"你们一个学校的,当然会帮着说话了。快走开,不然待会儿我连你们俩一起抓起来。"

向晓楠才不会轻易被吓到:"你凭什么抓我们?我们是在说公道话。就算是警察也不能随便冤枉任何一个好人,更何况你还不是警察。"

"对,你又不是警察,你不能抓我们。"王乐棠和余梓荣也跟着嚷了起来。

这里的动静让商场的人纷纷走过来看热闹。围观的人群中还有好几个热心的大人,可能是看向晓楠他们不像说谎,主动站出来说了公道话:"对啊,听听这几个孩子是怎么说的,可不能因为你力气大,冤枉了他们啊。"

男店员环视四周,语气弱了三分:"总得有个人来负责,好端端的东西被弄坏了。这个可不便宜,万把块钱呢,要是找不到人,老板会让我自己来赔偿。我一个月工资才三四千块……"

"不是有监控吗?快去把监控调出来看看。"有位四十来岁的阿姨出了个主意。

"对啊,怎么没想到看监控!"王乐棠一拍脑袋,兴奋地说。

于是,在几个叔叔阿姨的帮忙下,大家去店里和商场的保安室调了监控,看到了事情发生的真实一幕,确认了与余梓荣没有任何关系,他确实是被冤枉的。

男店员这才骂骂咧咧地追查小男孩的去向。而被澄清了嫌疑的余梓荣此刻才觉得一阵后怕:"谢……谢谢你们,刚才要不是……要不是你们,我今天肯定会被冤枉赔钱的。"

王乐棠胖手一挥:"大家都是同学嘛,肯定是要站出来的。再说,就算是不认识的人,我们也不能看着好人被冤枉啊!"

向晓楠也点了点头。

4

余梓荣想起了之前的事情,顿时有些无地自容,眼睛似有些湿润,支支吾吾地说:"以前的事是我不对,我以貌取人了……希望你们原谅我。"

"没事,我确实是胖嘛。再说,小猪也很可爱,圆滚滚的,多有福气。"王乐棠浑然不在意地说着。看来,他早就知道自己被人叫作"肥猪"了。向晓楠有些惊讶,不禁佩服起他的气度。

王乐棠不在乎,向晓楠却还是有些为好朋友抱不平,忍不住嘀咕:"其实我们就算不站出来也没什么吧?大不了叫你爸妈过来,把那个'飞碟'买下来。你家不是很有钱吗?之前还说要去三亚玩呢。"

王乐棠听出向晓楠话语中的阴阳怪气,轻轻拉了他一下。

余梓荣低着头,过了很久,长舒一口气:"我是骗你们的,国庆假我根本就没去三亚。我爸妈都是外地过来打工的。怕被大家看不起,我才那么说的……"

原来如此。

王乐棠没想到是这种情况,呆愣片刻。向晓楠瞬间明白了,为何刚才店员吓唬说叫家长时,余梓荣会那么紧张。

"以后,我们可以做朋友吗?"余梓荣眼睛通红。

"我们本来就是朋友啊,一个班上的同学都是朋友嘛。小南瓜你说,对不对?"王乐棠的眼睛笑得像两枚弯月。

向晓楠也笑了,那些不愉快真正地烟消云散了:"不打不相识嘛,我们算是朋友啦!"

曾经的事翻篇了。小时候,向晓楠的爷爷就教他要做个心怀大义的人。他才不会因为之前闹过矛盾而选择袖手旁观。

听到两人这么说,余梓荣这才如释重负,脸上也浮现了一丝笑容。

这次替余梓荣解围,得知了他隐藏的秘密之后又过了一段时间,向晓楠惊奇地发现,他们之间的关系真的好了不少。余梓荣时常会主动在学校里找自己和王乐棠玩儿,甚至还将他们俩拉入了班上男生们的那个小集体。

　　一下子多了这么多朋友,王乐棠是最开心的一个,顿时又想起了自己"散财童子"的身份。这天上完体育课,大家兴致勃勃地踢完球,个个都大汗淋漓,王乐棠嚷嚷着要请大家喝饮料。

　　说着,他跑到了操场角落栏杆处,喊附近的老板送了一堆饮料过来。因为学校不许大家买零食吃,所以同学们都是这样,偷偷地隔着栏杆叫老板送货上门。

　　他拎着买来的一大袋饮料,放到大家面前:"和以前一样,都算我的,大家别客气。"

　　张鹏和另外几个男同学伸出了手,正准备去拿,余梓荣立刻制止了他们。正当向晓楠以为他又想说什么煞风景的话时,没想到余梓荣说的却是另一番话:"不能每次都让王乐棠来买单,以后大家轮流买。大家又不是没有零花钱,对吧?"

　　说着,余梓荣看了大家一眼。大家忙把头点得如捣蒜:"对对对,余梓荣说得对,大家是朋友,不能老让王乐棠一个人吃亏。"

　　向晓楠听了这番话,偷偷笑了。看来,这回大家是真的把王乐棠当成朋友,而不是以前那个只会请客买单的冤大头了。

第八章
往事

> 他们都在为彼此考虑，谁来为自己考虑呢？向晓楠想哭又想笑。他笑着笑着，眼泪又顺着脸颊往下流。

1

"喂，你这次考了多少分啊？我数学居然才七十多分。哎，回家估计会被我爸妈骂死。"期中考试的成绩刚发下来，王乐棠就哭丧着一张脸，想去看向晓楠的成绩单。

"我也考得一般。哎，只能下次努力了。"向晓楠忙把成绩单折了起来，回敬他一个皱巴巴的笑。

"太惨了，惨绝人寰啊！我们可真是难兄难弟。"王乐棠对着成绩单，满脸郁闷，"我刚去看了余梓荣

和张鹏的成绩单,居然有八九十分,真是人比人气死人。"

"下次努力嘛,总能考好的,我们又不比别人笨。你说对不?"向晓楠只好不断鼓励他,同时捏着自己的成绩单。

其实,向晓楠这次的期中考试成绩还不错,对比在乡下的成绩,已经好太多了。他想让王乐棠开心一点,才故意说自己考得不好。不知是因为深圳的老师教学水平更高,还是因为爸爸时常加班,向晓楠一个人在家,就把更多时间花在了学习上,所以才进步如此神速。

此刻,面对垂头丧气的王乐棠,因为考了好成绩而欢欣鼓舞的向晓楠只好将欣喜按在心底。不过他还是忍不住想,爸爸看到成绩会高兴成什么样子呢?尽管这段时间,爸爸并没有对他的成绩做过太多要求和过问,但他知道,爸爸还是希望他能够努力读书,以后考个好大学。爸爸时常说起,自己当年就是吃了没文化的亏,才变成今天这样。

向晓楠不知道爸爸以前吃过什么大亏,他只知道,爸爸看到自己成绩进步了,肯定会开心的。放学后,他把成绩单放进校服裤兜。路过老许的旧货店门口时,他笑着和老许打了招呼。

"哎呀,是晓楠啊,今天怎么这么高兴?"老许擦了一把脸上的汗,笑盈盈地问。

向晓楠"嘿嘿"一笑:"没什么,今天天气不错,所以开心。"

"你呀,真是好养活。"老许笑着,继续忙碌。

自从上次和爸爸闹脾气,蹲在老许店门口看了好久之后,向晓楠无形之中和老许的关系亲近了不少。有时爸爸不在家,向晓楠就会跑来和老许有一句没一句地聊天。他发现,老许尽管一脸凶相,其实心地非常好。

向晓楠一口气跑到住的楼下,掏出门禁卡准备刷。胖胖的楼管阿姨推开了门,对向晓楠说:"晓楠回来了啊。你看看,那人是不是你家亲戚。下午就来了,但我怕是骗子,没放她进去,你看认识不?"

说着,她指了指旁边便利店门口站着的一个三十

多岁的女人,还用八卦的目光盯着向晓楠。

向晓楠道了谢,慢慢往那边走去。他越靠近这个穿淡黄色连衣短裙的女人,就越觉得熟悉。尽管乍一眼看过去很陌生,但看着看着觉得似乎在哪见过她。

向晓楠心里突然浮起一个念头。他心跳加速,好像每一步不是踩在地面上,而是踩在了自己胸口。

靠得近了,他又细看了一遍,确认自己的感觉没有错。

的确是她!

尽管她此刻侧着脸,看起来有些疲惫,眼角还增添了一些细纹,但向晓楠还是认出了她。毕竟,他不知道偷偷地看了多少次她的照片。刚才悄然升起的那种熟悉感,完全来自血液与基因。

此刻,妈妈正靠着便利店的墙壁看手机,脸上带着淡淡的笑容,这笑容与向晓楠记忆里的笑容相互重叠了。他忍不住又往前走了几步,此时离妈妈只有两米不到。

不断靠近的人终于将妈妈从手机的世界里拉了回来。她抬起头,满脸愕然地看着眼前的男孩。

过了几秒,她似乎认出来了,犹疑地问道:"你……你是……"声音里带着一丝不易察觉的颤抖。

向晓楠直视着妈妈,嘴唇微张,没有说话。

她惊慌失措地站起来,双手抓紧衣襟,小心翼翼地说道:"我们……找个地方坐一坐吧。"

向晓楠点点头,看了看此时还在朝这边偷瞄的楼道管理员,决定先不回家。

他带着妈妈向社区小公园里的一条长椅走去。一路上,他几次想开口说点什么,又不知道该如何张嘴。妈妈在长椅上坐下,并不闷热的天气却使她额头上流

下了汗珠。向晓楠口袋里正好有一张纸巾,他拿出来,攥着,过了一会儿,才将纸巾递到妈妈手里。

妈妈接过纸巾,突然鼻子一酸,眼泪流了下来。她伸出手,颤抖地摸摸向晓楠的头,哽咽道:"儿子……你长这么大了啊!"

这么多年了,他以为自己对妈妈的感情早已生疏了。但只有亲自站在妈妈面前,他才清楚,原来那份感情并没有变淡,而是深深地埋藏在自己心里。

向晓楠看妈妈的眼神,热切中又带着疏远:"你这么多年都没有联系我,是不是……不愿意见到我?"

这是向晓楠一直想知道的问题,却害怕妈妈给出肯定的答案。

小学一年级时,向晓楠发现别的同学都有妈妈,唯独自己的妈妈从没出现过,心里难过极了。他一直以为是妈妈抛弃了自己,所以不想见他。他甚至怀疑,是不是自己太淘气,所以妈妈才丢下他。

妈妈的脸色瞬间黯淡下来,眼神中充满了无奈。她叹息一声,摇了摇头:"不是……"

"既然不是,那你为什么不来见我?"向晓楠反问道,声调也提高了许多,"这些年我……我一直都很想你……"说着,他的声音渐渐低了下来,神情沮丧不堪。

妈妈低着头,将手中的纸巾不断地搓揉着,良久才抬起头,眼眶红红地说:"妈妈当然也想你……"

向晓楠的心脏猛烈跳动了一下。

她的眼眸里闪烁着温柔而悲伤的泪光:"妈妈也很想见到你,但是你爸爸他……"

向晓楠有一股不祥的预感,急切地追问道:"爸爸他怎么了?是他不愿意让你见我?"

妈妈轻轻摇了摇头:"你爸爸并没有不愿意让我见你。他怕我累着,才没让我见你。"

向晓楠觉得她在骗自己,但这个理由好歹让他心里舒服了一些,不然他不知道该以怎样的态度去面对爸爸。他知道爸爸很爱自己,尤其是在自己生日那天,用心准备那么多礼物,让向晓楠看到了爸爸对自己的关爱。

当年到底发生了什么事情,爸爸和妈妈离了婚呢?

尽管第一次见到妈妈,但他感觉妈妈应该是个很好的人。据说,爸妈是大专时的同学,谈了好些年恋爱才结婚。之前保留的那张照片里,爸妈很亲密,看得出两人感情很好。可为什么会离婚呢?

想到这里,向晓楠看向妈妈:"妈妈,你们之前为什么要离婚?告诉我吧!"

妈妈的眼睛湿润了,用袖子擦干眼泪:"当初我太傻了。没想到你爸爸这么好,我却误会了他。"

向晓楠皱着眉问:"能让人离婚的是什么样的误会?"

妈妈犹豫了一阵,最终决定告诉他当年是怎么回事。

妈妈苦笑了一下:"当时我以为你爸爸不想和我在一起了,所以才说要离婚。我当时也是太年轻了,气性大,一怒之下就同意了你爸的离婚要求。但我没想到,他这样做是为了我好……"

原来,向晓楠的爸爸和妈妈结婚后,一起到了深圳打工。爸爸进了一家医疗器材公司做销售,干了好几年,因为踏实努力,收入越来越高,一家人日子过得十分红火。村里人一提起爸爸,都要竖起大拇指。但千不该万不该,爸爸在工作中认识了两个老乡,对方和他说,给老板打工没有前途,不如自己出来开公司单干,他们还可以帮忙介绍些客户。

爸爸一听有些心动,手上攒了一些钱,客户资源和进货渠道也不缺。他就真的自立门户了。刚开始,那两个老乡确实给向晓楠爸爸介绍了好几单生意,也赚了一些钱。公司逐渐走上正轨,规模越做越大。后来,那两个老乡说有笔大生意,做好了能赚上百万,但他们资金不足,就问向晓楠爸爸愿不愿意一起干。

爸爸原本有些犹豫,毕竟高收益伴随着高风险。只是一想到都合作过好几次了,又是老乡,应该没什么问题,就答应了。他不仅把之前的积蓄拿了出来,还去银行贷款了几十万。但把钱交到老乡手上之后,过了好久,该来的货都没有到。直到警察找上门,他才知道,那两个人是骗子,连身份证都是假的。

几十万的贷款像一座山压着爸爸,为了不让妈妈跟着吃苦,就瞒着她这件事,狠下心说自己喜欢上了别人,要离婚,想把债务独自扛起来。妈妈不愿意,但爸爸认定了的事情八头牛都拉不回来,坚持要离婚。不知情的妈妈以为爸爸赚了大钱后变心了,一气之下就和爸爸离了婚,回了江西老家工作。

4

"要不是这次班上同学聚会,听老同学说了你爸爸当年的事情,我也不会知道,原来这些年他吃了这么多苦。我觉得我太对不起你爸爸和你,如果当初我耐心点儿,不那么冲动答应离婚的话……所以这次我来深圳办事,找人问了你爸爸的住址,想顺便来看看……你们过得怎么样?"妈妈说起往事,语气中满是唏嘘。

向晓楠的心一阵心疼,没想到爸爸竟然默默承受了那么多。难怪他没日没夜地加班,按理说没少赚钱,但为了早点还清欠款,一直住在条件这么差的房子里。

向晓楠心里突然闪现一个奇妙的念头——妈妈现在知道了真相,说不定她可以和爸爸复婚,那样他就不再是个没有妈妈的孩子了。他期待地问妈妈,打算在深圳待多久,他攒了很多话要和她说呢。

妈妈犹豫着,几句话一下击碎了这个美好的愿望:"妈妈过两天就回江西了,家里还有……弟弟妹妹等着我照顾……"

向晓楠愣了一下,明白了妈妈的意思。他脑袋嗡嗡作响，不由自主地揉搓着衣角。

妈妈对向晓楠讲述了原委。

和爸爸离婚后，又过了一年，妈妈在舅舅等人的撮合下再婚，组建了家庭，爸爸也知道这件事。正是因为如此，爸爸担心她去看晓楠会影响现在的夫妻关系，便让妈妈不管这边了。爸爸承诺会好好把向晓楠带大，所以他们才渐渐没了妈妈的音讯。

他们都在为彼此考虑，谁来为自己考虑呢？向晓楠想哭又想笑。他笑着笑着，眼泪又顺着脸颊往下流。

妈妈有些惊慌，赶紧拿起纸巾递给向晓楠，关切地问道："晓楠，你是不是有很多委屈？"

向晓楠接过纸擦去泪水，却说："我没事，刚才眼睛进沙子了。"接着深呼吸了几下，对妈妈的态度变得客气了，"既然你还要回去照顾家人，那就早点回去吧，我也先回去了。放心，我和爸爸会好好照顾自己的。"

妈妈急忙站起身来，伸手拉住他的胳膊，焦急地说："晓楠，你是不是怪妈妈？妈妈当时也是不知情……"

"一句不知情就可以一笔勾销吗？"向晓楠的声音陡然提高了几个调，眼睛瞪得大大的，盯着妈妈，愤

愤地说,"你们有自己的无奈。我是多余的,行了吧?"

妈妈眼神中盛满了悲伤:"原本,妈妈以为你过得不错,所以才没来看你……现在知道你们这几年过得不好,妈妈也想补偿你。晓楠,你要不要跟妈妈生活?妈妈现在条件好了……"

这个建议被向晓楠斩钉截铁地拒绝:"不可能!你去守着你一家人吧。就这样,我先走了。"说着,他不管妈妈还在后面召唤,飞也似的往家的方向跑去。

5

快到楼下时,向晓楠看到管理员阿姨还在那里,一边嗑瓜子,一边和隔壁人聊着。

他心烦意乱,掉头往另一个方向快步走去,结果不知怎么,又到了老许的旧货店门口。

老许依旧忙碌得很,又在捣腾他那些宝贝,似乎永远有收不完也卖不完的旧家电。一开始,他没发现向晓楠的不对劲,还以为这孩子又无聊了。

快七点钟,忙完了的老许才发现向晓楠还没离开——往常这个时间他应该已经回家,就问他怎么了。向晓楠的嘴巴像上了锁一般,老许问了半天没问出个所以然,只好作罢。

"还没吃饭吧?那就在这里吃吧。"说完,老许煮了一大锅面条,里面加了剁辣椒。向晓楠撑着下巴,呆呆地看着老许煮面,心想,老许可真像爷爷啊。要是他就是自己的爷爷就好了,那样他才不管爸爸妈妈在不在一起呢,反正他可以和爷爷生活就足够了。

浓郁的香气打断了向晓楠的回忆。老许端着两碗面条过来了,每个碗里摊着一枚煎得金黄焦脆的煎蛋。

向晓楠本来想像之前一样拒绝,可肚子不争气地叫了起来。老许把碗朝他推了推:"别假装客气啦,有的吃就吃,饿着肚子不吃才是傻瓜。"

说着,老许先动了筷子,"吱溜吱溜"吃起来。

向晓楠拿起筷子,刚吃第一口,就有种想哭的感觉——这面条真香,和爷爷之前做的面条一样香。

他大口大口下咽,似乎要把那些来不及流出来的眼泪,以及所有沉闷的不愉快都吃到肚子里。

第八章 往事

第九章
选择

> 一路上，麻雀在旁边青翠的细叶榕树上叽叽喳喳，阳光依旧带着暖意，可他心里总觉得少了些什么。

1

晚上九点多，爸爸回到家，向晓楠已经没有兴致把成绩单拿出来给他看了。相对今天下午知道的事来说，成绩的进步显得无足轻重。

他已经迁怒了爸爸，对爸爸的态度比往常冷淡了几分，更不用说回到家时的胖大海泡水了，连答话都是能用两个字，就不说三个字。

爸爸丈二和尚摸不着头脑，就说："怎么了，晓楠？爸爸最近工作忙嘛，等下个周末没那么忙了，爸带你出去玩！去海边好不好？你来了这么久，还没带你去过海边呢。"

向晓楠忍不住揶揄了一句："你当然忙了，毕竟你这么伟大。"

爸爸感到更莫名其妙了："什么伟大不伟大的？你说的话爸爸怎么听不懂？"

"不伟大，一个人能扛着那么多债？"向晓楠实在忍不住，可说出口的那瞬间，他又有些后悔。他知道，自己其实不应该怪爸爸，爸爸这些年过得也很不容易。

爸爸瞬间满脸涨红，额头上的抬头纹挤在了一起："是不是有人对你说了什么？"

"妈妈来过了。"向晓楠不打算藏着掖着了。

"你妈妈……过来了？她和你说了什么？"爸爸眉头紧锁，一口气问了好几个问题。

向晓楠的嘴角挤出一抹苦涩的笑。"该说的都说了。你们离婚的原因我也知道了。"说完，他转身回房间，再也不愿意多看爸爸一眼。

爸爸着急上火，但并没有追进去。他知道儿子是个倔性子，越解释只会越适得其反。他心里有些乱，打开电视机，坐在沙发上百无聊赖地按着遥控器换台。

这一夜，父子俩在僵持中度过。

2

第二天早上,爸爸眼睛下一片乌青。他看着儿子欲言又止。向晓楠却像没看到他,只顾自己洗脸刷牙。

连在学校里,向晓楠也是黑着一张脸。王乐棠他们还以为他是因为考试没考好,反过来安慰了他好半天。这让他哭笑不得。

临放学开班会时,向晓楠想多个人多个主意,才把这两天发生的事小声告诉王乐棠:"你说,大人们为什么总是这样自以为是?"

"也不是自以为是啦,他们可能觉得这样对彼此好吧。那只是他们做的选择,你为什么要生那么大气?"王乐棠这会儿倒像个大人一样,劝解向晓楠。

"如果不是他们选择了离婚,我本来应该有个完整的家庭,而不是只能在乡下跟着爷爷一起长大。"想到爷爷,向晓楠心里泛起一阵忧伤。

"你埋怨他们也没用。你还不如想想,以后跟谁一起生活。你妈不是说她现在日子过得不错吗?也许选妈妈好一些。"

"你……"向晓楠狠狠白了王乐棠一眼,"我为什么要跟妈妈？她现在有另外的小孩，肯定不会那么在乎我了。我虽然埋怨我爸做的决定，但还是不想离开他，毕竟他这些年过得太苦了。他现在只有我在身边，如果我离开，那他太可怜了。"

王乐棠故作高深地摇摇头："那可不一定，你爸还这么年轻，谁能保证他不会再婚？有后妈，就有后爹，电视剧里都这么演的。万一到时候你爸找了个新老婆，那你就惨了。"

向晓楠没想到王乐棠居然想这么多。不过这种情况确实有可能发生。以前在村里，有一个女同学的爸爸妈妈离婚，后来她爸重新娶了个老婆。这个后妈起初对她还不错，结果生了自己的小孩后，就越来越不喜欢女同学，开始叫她做家务，还动不动就打骂她。她爸也不管，村里的老人看不过眼，想去劝说下，结果都被她后妈骂回来了。

一想到自己会落到这个下场，向晓楠不寒而栗。

当天下午，向晓楠在自家楼下再次见到妈妈时，他的态度比起前一天不自觉地好了一些。

不过，对于妈妈提出的跟她一起生活的建议，向晓楠还没有下定决心。虽然他心底很渴求来自妈妈的温暖，但不可否认的是，这些日子相处下来，他和爸

爸之间已经有了不错的感情。如果就这样丢下爸爸，他心里过意不去。

"如果你担心你爸爸不同意，那我可以和他说。"看出儿子有些犹豫，妈妈决定趁热打铁。

"不要，不要你去说。我还没考虑好。"向晓楠生怕妈妈去和爸爸说，会让爸爸难堪。他想问爸爸几个问题后，再做决定。

"那好吧！无论你和不和妈妈生活在一起，妈妈都是爱你的。你是妈妈的儿子，这个事实永远无法更改。"妈妈动情地说着，眼眸中又一次闪烁着泪光。

向晓楠轻轻点了点头，没再说什么。

回到家后，他鞋都没换，倒在了床上。看着白中泛黄的天花板，他很纠结，既想和温柔的妈妈住在一起，又担心爸爸这边，他的内心很矛盾。他知道自己应该留下来陪爸爸，毕竟爸爸这么多年孤身一人，一直以来都那么宠自己。他不想看到爸爸伤心，可妈妈怎么办呢？

在床上辗转反侧间，他看到书桌上的小奥特曼，床边的新鞋，还有书架上摆着的书、书包里的笔……这些东西承载的是爸爸沉甸甸的爱。

他下定了决心。

不过该问的问题,他还是要问爸爸。

3

"爸……"向晓楠不知该不该开口。

"怎么了,晓楠?"见儿子总算愿意说话了,爸爸格外热络。

"没什么……"向晓楠想了想,又觉得不好说出来,担心爸爸听了会多想。

"不对,你肯定有事,你直说吧!"爸爸微微弯腰,看着向晓楠的眼睛,"是不是和你妈妈有关的事?"

向晓楠还是紧闭着嘴。

"没事,有什么不能和爸爸说的。"爸爸依旧温声细语。

向晓楠终于对爸爸说出了妈妈的提议:"妈妈想让我跟着她生活……"见爸爸听到这话后有些走神,他赶紧补充,"不过我没答应,我……还是想和你住在一起。"

爸爸笑了,伸出手轻轻摸了摸向晓楠的头,接着

又一把将向晓楠搂在了怀里,给了他一个紧紧的拥抱。

这冷不丁的拥抱让向晓楠不禁有些难为情。爸爸的怀抱很特别,是一种和爷爷怀里不一样的气息。向晓楠想,可能是爸爸衣服上残留的消毒水气息,这种淡淡的味道给人一种莫名的安全感,向晓楠竟然有点儿迷恋。

他想,怪不得小孩哭,被抱一抱就会安静下来。原来,拥抱的感觉这么好。

"晓楠你放心,爸爸会好好照顾你的。"过了几秒钟爸爸才松开手,温和地说。

向晓楠抬头端详爸爸,明明四十岁不到,头上已经有了几根白发,脸色也有些黯淡发黄。爸爸的话让向晓楠很感动,他眼圈一红,差点又流泪了。他努力让自己平静下来。

不过,他还想问爸爸几个问题,毕竟那关系到他以后的幸福生活。

"爸爸,你以后……还会结婚吗?"

爸爸沉默了一会儿,缓缓地说:"我应该不会结婚了。"

"为什么不会呢?爸爸……"

"因为我要好好照顾你啊。"

"如果遇到你喜欢的人呢,也不结婚吗?"

"哪那么容易遇到喜欢的人。爸爸现在只想赚钱,好好将你培养成一个健康快乐、对社会有用的人。"

"爸爸……"向晓楠不敢置信地瞪大了双眼。

爸爸摇了摇头,示意向晓楠不要继续说。

向晓楠低着头,用力眨眨眼睛,仍有些怀疑:"可是,爸爸不会觉得孤单吗?我们班不少同学爸妈离婚后,又各自结婚了……"

"以后再说吧,至少,暂时我没有这个想法……没有什么比你更重要。"爸爸的神情不像在说假话。

爸爸的脸上有难掩的疲惫与无奈。这让向晓楠有一种酸涩,他不由得搂紧了爸爸的胳膊。过了一会儿,他忙跑去房间,把放在抽屉里的成绩单拿了出来,递到爸爸手上。

"看,期中考试的成绩单,这次我进步了不少。"向晓楠微仰着头,等待着爸爸的鼓励与夸奖。以前每次考完试,如果成绩进步,爷爷会好好夸一顿的;有时候进步够大的话,爷爷甚至还会奖励他一些想吃的零食。

果然爸爸也没有令向晓楠失望:"不错啊儿子,这成绩不错。你有什么想要的东西?爸给你买,作为

第九章 选择

奖励！"

"不用啦，爸，我还有钱，不需要奖励。就是告诉你一声，让你开心一下。"向晓楠一想到爸爸每天压力那么大，就很心疼。

"儿子懂事啦！"爸爸这才作罢，满眼的欣慰。

4

和爸爸把话说开后，向晓楠感到一阵轻松。他想，明天看到妈妈，就直接告诉她自己的决定，相信妈妈能理解自己。

果然，得到向晓楠的答复后，妈妈虽然有些失落，但又似乎早已猜到了他的决定："既然你想好了，那妈妈就不勉强你了。无论你和不和妈妈在一起，妈妈永远爱你。"

向晓楠心里发酸，他轻轻点点头，"知道了，妈。"

"妈妈明天就回江西了，以后有空再过来看你。你要好好听爸爸的话，妈妈相信他会照顾好你……"妈妈一边说着，一边帮向晓楠把衣领整理好。

"嗯……"向晓楠再次点头。

此时，地上有几只黑蚂蚁，正搬着一粒饭缓缓爬行，向着墙角处的蚂蚁窝前进。秋初的夕阳恰到好处的暖和，蚂蚁们被镀上了一圈淡淡的光晕。

临到末了，妈妈从手袋里掏出一个信封，想塞到向晓楠手中。

向晓楠原本想拒绝，但一想到如果自己什么都不要，妈妈心里也不好受。最终他还是接了，放到裤兜里。

妈妈脸色舒缓了一些，说："那妈妈先走了。以后想妈妈，记得打电话。"

"嗯，我会的。"一想到可能又要好久见不到妈妈，向晓楠的声音不由得有些哽咽。他叮嘱了一句"那你路上小心"。

妈妈泪眼蒙眬地点头，转身往外面走。向晓楠看着妈妈走出小巷，拦了一辆的士，上了车。

临上车前，妈妈朝向晓楠招招手，"别送了，快回去吧。"

妈妈钻进的士。透过车窗，向晓楠看到她的头还在朝外扭着，一直保持着这个动作。

直到车辆消失在拐角处，向晓楠才独自往回走。

一路上，麻雀在旁边青翠的细叶榕树上叽叽喳喳，阳光依旧带着暖意，但他心里总觉得少了些什么。

5

或许老许知道吧。向晓楠特意绕了一段路，往老许那边走去。

结果老许店的大门紧锁着。奇怪，这会儿店都没开，老许能去哪里呢？

向晓楠嘀咕着，正打算吃点东西就回家，结果老许背着颜色发黑的双肩包，风尘仆仆地出现了。

"咦，小子，来找我啊？"老许一边掏钥匙开门一边笑着问向晓楠，露出一口被烟熏黄的牙齿。

"对啊，你去哪儿了？"向晓楠自认为和老许已经很熟，说话有些随意。

"我去看我孙子啦，难不成我去看你啦？"老许嬉皮笑脸地说，像个老顽童。从这点儿来看，他确实不是很像向晓楠的爷爷。爷爷平日里有些不苟言笑。只是他们两个人身上那种让自己想要亲近的感觉很相似。

"你要来看我,我也不介意,正好来给我做饭。"向晓楠也嘿嘿笑了,他可还惦记着老许做的那碗荷包蛋米粉呢。

"就知道你嘴巴馋。等着,我马上把粉泡一下。"老许放下背包,打开电热水壶烧水,拿了一把粉条放到盆里泡发。家里没葱,老许让向晓楠坐一下,他去隔壁生活超市买了一把葱和几个鸡蛋。先去掉烂葱叶,再摘掉葱的根部,原本沾满泥的葱,顷刻间变得干干净净。

向晓楠定定地看着老许,突然说:"你和我爷爷真像啊,要是你真的是我爷爷就好了。"

向晓楠的话有些突如其来。老许笑呵呵地说:"你爷爷?我哪里像你爷爷了?我明明这么年轻!"

向晓楠回答得很认真:"哪里都像——头发、胡子,笑起来的样子,连额头上的皱纹都很像。而且我爷爷抽烟,你也抽烟。"

向晓楠又想起在乡下度过的那些冬天。没有太阳的时候,爷爷喜欢窝在火炉旁,拿着长长的烟杆子抽旱烟。他抽得太多了,把肺都抽坏了,天气一转凉,就会咳嗽。爷爷一天不抽烟,就跟猫儿吃不到鱼儿一

样,浑身难受。偶尔向晓楠会像猴子一样,蹲坐在门槛上,看烟圈从爷爷嘴里吐出来,再一圈圈消散在空气里。

这时老许正起锅烧油,向晓楠突然又摇了摇头:"不过我爷爷比你高,你太矮了。"

老许一听,停下手中的动作,回过头佯装生气:"我比你还高呢!而且我是老了才变矮了。我年轻时当过兵,十里八乡出了名的大高个。"

"可我爷爷比我高多了,你应该只到我爷爷耳朵边吧。"向晓楠知道老许又在吹牛了,他目测老许和自己的身高差后,又用手比画了,肯定地点点头。这大半年来,自己又长高了好几厘米呢。

"那你爷爷呢?叫他来和我比比,看看谁更高。"老许有些不服输。

向晓楠的神色有些黯然:"我爷爷……去世了。"

老许瞬间沉默了。过了几分钟,他说:"那你就把我当你爷爷吧,反正我的两个孙子和你差不多大。他们在惠州生活,我这次去那边,赶早上第一班车,我早上五点多就起来了,困死我了。"

向晓楠心想叫他爷爷也不吃亏。不过为了把他和亲爷爷区分开来,向晓楠调皮地说:"你开的店是二手电器店,那我叫你二爷爷吧。"

"二爷爷,哈哈,你倒是鬼灵精。"老许哈哈大笑。向晓楠想,爷爷要是知道自己又认了一个爷爷,应该不至于吃醋吧。

第十章

得奖

> 向晓楠趴在老许背上,有些不好意思,生怕被同学看到,心里又涌动着一股难以言喻的感动。

1

"你为什么不和你儿孙住一起呢?"吃完一大碗粉,向晓楠打了个葱花味道的饱嗝儿,问老许。

"和他们住不惯,我喜欢一个人住。这家店我开了好些年,舍不得关掉。"老许一边把碗筷摞在一起,一边回答。

"你会想他们吗?"向晓楠歪着脑袋,想起了妈妈离开前泪眼蒙眬的样子。

"当然想,所以我隔几个月就去看他们。深圳这边安家太难,我一个人可以将就。要是他们都过来的话,经济压力太大了。"老许语气平淡地说。

"要是世界上没有分离就好了。"向晓楠看着门外,叹了口气。

"没有分离,哪会有再次见面时的喜悦呢。"老许已经把碗筷和锅都刷好了,手脚麻利地将它们放到架子上沥干,"悲欢离合,是人这一辈子要经历的。等你大了就习惯啦。"

我宁愿不要长大,向晓楠嘀咕着。他看看老许满是沧桑的脸,突然意识到,老许的心里也不好受吧。

他想了想,说:"我以后多过来陪你好了,反正我爸整天不在家,我有时觉得无聊。"随即,他又记起一件高兴的事,"对啦,二爷爷,我们学校要举办运动会了,你说我去参加吗?我在以前的学校得过不少奖呢。"

"当然去参加啦,趁着年轻多参加一些活动。我以前还参加过游泳比赛呢,可惜老了游不动了。你长手长脚的,跑步怎么样?试试吧,到时拿了奖,记得带奖牌给我瞧瞧,让我沾沾光。"老许鼓励着向晓楠,好像他不去参加学校运动会是体育界一大损失似的。

王乐棠和老许一样热心。第二天,体育委员张鹏

第十章 得奖

在收集运动会报名信息时,王乐棠一个劲儿地怂恿向晓楠报名:"这可是我们在小学时期最后一次运动会,我相信你一定可以。"

"那你怎么不去报名?我倒觉得你可以报个扔铅球或者相扑什么的。"向晓楠瞥他一眼,心想他怎么那么想让自己报名。

王乐棠满脸无辜:"如果有这两个项目,我倒是不介意参加,可惜咱们学校没有开设这两个项目。"

"别打岔啦,快点说正事。"张鹏看着向晓楠,满眼期待,"小南瓜,你报名吧!咱们班以往的体育成绩都不突出。你就算没得奖,也没关系,老师不会批评你。"

"那……报什么项目好呢?"向晓楠被他们说得跃跃欲试。乡下学校没有那么隆重的运动会,多是比赛跑步和跳高、跳远之类。现在来了城里,他确实想和这些城里孩子切磋一下。

"你这么喜欢走路……可以报个长跑!"王乐棠偷偷从课桌里摸出块奥利奥饼干,迅速塞到嘴里,口齿不清地出主意。

向晓楠觉得自己耐力不错,对长跑他很有信心。不过张鹏还不满足,希望他能多报一个项目:"再报个跳高吧!咱们班上没有人报跳高,试试吧!"说着,张鹏看了看向晓楠壮实的腿,满意地点点头,把他的名字登记到了报名册上。

2

就这样,向晓楠报了长跑八百米和跳高比赛。原本他觉得一场学校运动会嘛,没必要紧张。然而,十一月下旬,运动会开幕那天,操场上热闹非凡,各个班的啦啦队都鼓足了劲给体育健儿们加油,操场上一片激情洋溢的景象。这让晓楠竟然有些紧张了。

向晓楠的身后站着好几个同学。班长佟乐恺和体育委员张鹏是这次运动会班上的组织人员,他们两个人一人一句地说:"小南瓜加油,成为小飞人!""小南瓜,一定要拿第一!"

王乐棠也对他颇有信心:"别紧张,小南瓜,拿出平时所向披靡的劲头就好。"

连余梓荣也站在旁边,给他比了个"加油"的手势。

看来,这个八百米不拿个奖牌对不起大家的鼓励,

向晓楠在心中为自己暗暗打气。广播响起，召集所有的参赛选手集合，他深吸一口气，向着赛道走去。

向晓楠穿着爸爸送他的运动鞋。前几天他又仔细刷了一遍，此刻鞋面雪白得和新的一样。他一步步走着，心里暗暗发誓：一定要加油，赢得比赛。

眼看比赛即将开始，人群更加沸腾起来，不停地给赛场上的选手加油。

"加油加油，一班最牛！"

"二班一出，决不认输！"

"运动场上有三班，你们都得靠边站！"

…………

向晓楠代表着二班，在赛道上站定。此刻他已经平复了心情，眼前只有红底白条的跑道。天空湛蓝，微风徐来，晴朗的好天气让他神清气爽。

"小南瓜，加油加油，等着你拿第一名！"王乐棠在赛道旁，朝他大喊了一句。

"嗯，我会的。"向晓楠朝他笑笑，在心里应了一声。

随着发令枪猛地打响，八个赛道的选手同时像离弦的箭一般冲了出去。一号赛道的选手暂时跑在了最前面，向晓楠在四号赛道，紧跟其后。

一旁的张鹏和叶若怡喜笑颜开，班长佟乐恺也忍不住喝彩："小南瓜，加油，咱班一定赢！"

向晓楠步子迈得越来越快，跑了半圈后，就快赶上一号赛道的选手了。他们所代表的各自班级中为他们加油打气的声音更加热烈，俨然有了比拼的阵势，好像哪个啦啦队声音大，就能赢得比赛一样。

向晓楠竭力加速，额头渗出了豆粒大的汗珠，身上的衣服被汗水浸湿，嗓子也越来越干，似乎要冒烟了。

他没有顾及这些，使劲迈动双腿，眼中只有终点。记忆像幻灯片，一帧帧从脑海中闪过：他偷吃邻居家的西瓜被爷爷发现后痛骂，仲夏夜和爷爷一起去守田水，秋天时和同学们上山打板栗；来到深圳后，爸爸补上的生日礼物，王乐棠与其他同学的肯定与鼓励……

两百米，一百五十米，一百米，八十米……终点越来越近，一号赛道的同学也拼命在加速。向晓楠突然打了一个趔趄，二班的同学们一阵惊呼。好在向晓楠马上调整姿势，在最后关头，终于超越了一号赛道选手，触碰到了终点线。

3

"哇,好棒!居然真的拿了第一名,太厉害了!"王乐棠开心地跑过来,给了向晓楠一个紧紧的拥抱。

"让……开点,我……喘不过……气了……"向晓楠用力推开他,只觉得精疲力竭,瘫倒在地上。虽然汗水不断往外飙,可他觉得舒坦极了。

佟乐恺、张鹏和叶若怡也过来了:"小南瓜,你太厉害!我刚问了裁判,你居然打破了学校的纪录,简直是我们学校的苏炳添 2.0 啊……"

其他同学也涌上前来,叽叽喳喳的像一群欢快的喜鹊。

向晓楠咧嘴笑笑,让剧烈跳动的心脏慢慢舒缓下来。没人注意到,他的脸色变得有些苍白,在脚踝处偷偷揉捏了几下。

"没事吧?"细心的张鹏问道。

"不要紧,跑得有些累了。"他故作轻松地回答。

其实,他的脚踝扭了。刚才接近终点时,他一不小心踩到一颗石子,往旁边崴了一下,脚踝此刻时不时传来阵阵刺痛。不过向晓楠谁都没告诉,他生怕老师知道了就不许他参加下午的比赛了,只能强忍着。

跳高比赛中,向晓楠依然全力以赴,结果一用力,脚踝处猛地抽搐,使他不好发力,没跳过去。围观的张鹏和叶若怡发现不对劲,在一旁问:"能行吗?不行就别跳了,下来休息。"

王乐棠紧张得眉头拧在了一起。

向晓楠看着众人关切的眼神,却摇了摇头。

他还是想试一试,不想辜负大家的期待。第二次试跳时,向晓楠把重心放在另一只脚上。

助跑,一二三,起跳,落地,杆子没掉落。他成功了!

落地时,脚踝不可避免地痛起来。向晓楠浑身乏力,顿时一屁股坐在地上。张鹏和王乐棠连忙过来架起他,关心地问:"要不要去医院啊?"

"没那么夸张吧!"向晓楠连忙推却。

王乐棠坚持要告诉柳老师:"得小心处理,万一以后变瘸子就有你好受了。"

后来,柳老师也心急火燎地赶了过来。"走,先去校医室看看,早知道你脚受伤,就不让你上场了。"她一改往常轻柔的语气,严肃地说,"比赛成绩和班级荣誉固然重要,但是你的身体更重要。这次没拿到

好成绩,大不了下次再比。万一弄伤了,这让你爸、老师和关心你的同学多心疼!"

向晓楠听到柳老师说"心疼",不好意思的同时也有些感动,心想这是小学最后一次运动会,当然要全力以赴。

他的脚踝没有外在伤口,也没出血,校医室的医生用云南白药喷了下。向晓楠觉得一阵灼热。随后,医生很慎重地交代:"别看表面不严重,就怕伤到骨头,最好还是去外面大医院看看。"

"等一会儿,我带你去医院看看。"柳老师说。

"不用了,我让我爸带我去就好。"向晓楠拒绝了柳老师的好意。他觉得没必要。小时候,他上山下河玩得野,时常扭到脚,伤到后爷爷顶多涂点药酒,也没去医院,过一阵自然就好。哪需要花那冤枉钱,爸爸赚钱也很辛苦呢。

从校医室回来后,向晓楠得知自己得了跳高比赛的年级第三名,比预想的好。他心中才稍微安定一些。

因为向晓楠得的这两个奖项,以及班上其他同学的努力,最终班上集体分稳居年级第一。柳老师开心极了,表扬了全班同学,特别点名表扬了向晓楠。这让向晓楠觉得总算没有辜负大家的厚望。

颁奖时，向晓楠站在主席台上，捧着奖牌和证书，脸涨得通红。台下的同班同学也都与有荣焉，眉飞色舞，不停向其他班的人介绍："这是我们班的小南瓜同学，拿了两个奖，厉害吧！"

王乐棠和余梓荣带头宣传："小南瓜最棒，全宇宙最佳！"班上的男生跟着一起嚷起来。这让向晓楠一阵羞赧，心中一阵欣喜。站在台上，他看着阳光倾泻而下，远处的高楼大厦披上了一层明艳的色彩，跟秋日里层林尽染的群山一样。

这瑰丽景象让向晓楠不由感慨，原来这个季节的深圳和老家一样，可以如此动人。

4

脚上的伤有变严重的趋势，这使向晓楠走路有些困难了。可校运会结束后，他还是拿着奖牌，特意绕道去到老许的店里，将奖状送到他面前："快看，二爷爷，我可是破了校运会纪录呢！"

老许笑得合不拢嘴，连连竖起大拇指，并向来店

里的客人介绍:"这是我孙子,运动会拿了两个奖,厉害吧?"

向晓楠看着老许,突发奇想,可能老许就是爷爷变的吧。要不,为什么会在自己来到这个城市后,正好就遇到了他呢?而且他和自己爷爷的感觉那么像,这是一件很奇妙的事情。

看到向晓楠走路时不自在,老许问:"是不是运动会上受伤了?"

"没事,已经去校医室看过,还喷了药,放心吧!"向晓楠逞硬气,还想跳两下证明自己没事,结果刚一发力,就忍不住"哎哟"一声叫了出来。

老许一听,马上蹲下来,一把拉起向晓楠的裤脚,发现脚踝的位置已经肿起来了,红通通的,皮肤都被撑开来,透着一种奇异的光泽。

"你怕不是要等瘸了才觉得严重吧!怎么这么拼命!傻孩子……"老许瞪了向晓楠一眼,喋喋不休地数落起来。

向晓楠听了一点儿都不恼,反而有种温暖的感觉。之前自己做错了事,爷爷也是这样念叨。可惜当时他不明白,觉得爷爷烦,现在爷爷不在了,他才明白,那些责骂的话里饱含着关爱和深情。

"走吧,去医院看看,别到时真成了小瘸子。"说着,没等向晓楠吭声,老许就锁好了店门,一把背起他往附近医院走。向晓楠趴在老许背上,有些不好意思,生怕被同学看到,心里又涌动着一股难以言喻的感动。

5

到了医院门口,看着医院名字,向晓楠觉得有些熟悉。想了一会儿,这不是爸爸工作的医院吗?不知道待会儿能不能碰到爸爸。

急诊科的医生对着他的脚踝看了一下,又轻轻捏了捏。这让向晓楠"哎哟哎哟"连忙叫唤。最终医生诊断是由运动导致的扭伤,建议拍个X光片,看有没有伤到骨头。

"瞧瞧,之前还逗英雄说没事,结果医生碰一下就呼天抢地的,你可真够厉害!"在X光室门口排队时,老许推着坐在轮椅上的向晓楠,不忘揶揄他几句。

向晓楠求饶:"您可别取笑我了,刚才医生捏得

真的很痛嘛。"

说话间,他看到走廊的那一头,好像是爸爸推着一个穿蓝白条纹病号服的大爷,在另一个科室门口排队。

真是爸爸!向晓楠确认了一遍。

向晓楠原本想喊爸爸,又想了想,爸爸正在工作,最终还是把这句话咽了下去。穿着护工服的爸爸慢慢推着老人;老人身体瘦弱,双眼无神,头歪着靠在一边。

排队时,老人的手突然颤巍巍地举起。爸爸忙从轮椅后面取出保温杯,倒了温水递到老人嘴边。结果老人喝了一口就被呛到,开始剧烈咳嗽,哇的一声吐了出来,秽物弄得自己衣服和地上都是。

周围排队的人连忙捂着鼻子嫌弃地退开,有个阿姨还"啊"地叫了一声。原本熙熙攘攘的走道里,瞬间出现了一片空地。

原地只剩下轮椅上的老人,以及一边拿出纸巾一边向大家说"抱歉"的爸爸。他先帮老人把嘴角和衣服擦拭干净,又转身从厕所找来一个拖把,将那一片地方仔细拖干净。

爸爸一丝不苟地忙碌着,向晓楠看得心里五味杂陈。

"轮到你啦,看哪里呢?怎么一直发呆,喊你几声都没听到?"老许顺着他刚才的目光方向看去,看到了向晓楠爸爸。

"那不是小向吗?你爸爸忙啊!"老许叹了口气。

"不打扰他,我先进去做检查。"向晓楠心情有些低落。

第十一章
期末

> 爸爸为他的懂事感到欣慰,又把他的头搂在怀里摩挲了一会儿。向晓楠现在已经不会不好意思了,自然乖乖地躺着。

1

检查报告出来了,没有伤到骨头。医生开了消肿化瘀的药,让他休养一段时间去复查,如果逐渐消肿恢复就没什么问题了。爸爸回家知道他受伤的经过后,沉着脸。

"下次可别这样逞强了,受伤了还去参加比赛?这几天你就好生待在家,我先替你向学校请一周假。"爸爸又心疼又生气,眉头拧成了一个"川"字。

向晓楠闷闷地"嗯"了一声。

"今天太麻烦老许,改天抽空好好感谢一下他。要不是他及时带你去了医院,你现在腿还不知道咋样呢。"爸爸继续说,"对了,在医院花了多少钱?我早点把钱还给老许,他赚钱不容易。"

向晓楠答道:"在医院花了两百多。你给许爷爷三百块吧,他还带我吃了饭。"

"没问题。"爸爸一口答应,又随口问道,"今天你们去的是我上班那家医院吧?"

"我看到你了。"

"为什么不叫我?"

"你当时在忙,在抽血室的门口。"

"哦,那时我光顾着照看老人家,没顾上看周围。你不会怪爸爸吧?"爸爸有些自责。

"不会,我当时也忙着排队看医生。爸爸,你工作是不是很忙……"向晓楠都觉得爸爸做护工太委屈自己,医院里那些人嫌弃的目光已深深地印在他的脑海里。

"还好,有时没那么忙。"爸爸并未察觉出儿子问的用意。

"你能换工作吗?"向晓楠希望爸爸能换一份更体面的工作。

"为什么突然这么问?"爸爸有些诧异。

"这份工作太累太脏了。"向晓楠不愿意爸爸被人指指点点。

"可是什么样的工作都需要人去做,不能因为觉得脏和累,我们就都不干了。原本爸爸只是为了赚钱才选择去做护工的。这一行收入不低,而且没什么门槛,只要人细心负责就能做好,无非苦点累点脏点。不过做着做着,我发现赚钱的同时,也可以帮助到有需要的人。这很有意义,就坚持干了这么多年。"

爸爸接着说:"今天那个老大爷心脏不好,血压又高,时常进医院,可惜儿女都在国外,工作太忙了,没时间回国来照顾他,就需要找护工。这份工作也算是在做好事呢。今天,若不是老许好心带你去医院,你说不定连楼梯都上不去呢!"

那怎么能一样,老许可是二爷爷。向晓楠还在为爸爸打抱不平:"但别人可能会嫌弃,还觉得你没出息呢。"

"别人是别人,他们怎么想不关咱们的事。我清清白白做事,堂堂正正赚钱,不必在乎别人的想法。"爸爸倒是想得开。

向晓楠还想说点什么,但他的嘴巴张了又张,最后还是沉默了。

2

班上的同学得知向晓楠突然请假的原因后，一致想来探望他这个校运会的"功臣"。不过不可能全班都来，最终由班长佟乐恺牵头，让和向晓楠关系最好的王乐棠，以及体育委员张鹏作为代表前去"慰问关怀"。

王乐棠第一时间打电话给向晓楠说了这个消息。

"不用这么麻烦了！"向晓楠连忙拒绝。

"怎么，不愿意大家来你家吗？"王乐棠听出了他的意思。

"你们不是医生，又不会看病。"

"可以来看看你啊。你是为了替班上拿奖才受伤的，大家来看你是应该的！"王乐棠有些不高兴。

向晓楠扭头看着狭小的房间，又想到没有电梯的昏暗楼道，再对比王乐棠家那高大上的花园、可以牵着马转几圈的客厅。他坚持道："真不用，我过几天

就回学校了。"

"哼,不够意思!那你好好养伤,过几天见吧。"王乐棠终于挂了电话。

在家的日子很无聊,但课业不能落下,好歹六年级了,独自在家还得认真自学,不懂的地方可以上网搜索网课教程,或者打电话问王乐棠。不过王乐棠上课不一定认真听讲,一知半解,最后还是班长佟乐恺帮了不少忙。

除了学习,也少不了娱乐一下。向晓楠把最近喜欢的剧集看完,过足了瘾。吃饭由外卖送上门,偶尔老许会过来看他。几天时间下来,向晓楠发觉自己原本瘦削的脸上多了点肉,脸色红润了一些,爸爸也觉得儿子胖一点更好。

去医院复查那天,正好爸爸要去上班,可以带他一起:"正好你是在我上班的医院复查,不然我还得请半天假呢。"爸爸把向晓楠背到楼下,一边给他戴上安全头盔,一边笑着说。

这是向晓楠第一次跟爸爸一起去上班。在乡下,看着小伙伴们跟着爸爸一起出门,向晓楠可羡慕了,总想着自己哪天也可以这样。

一路上,坐在电动车后座,穿过两旁的人行道和一排排店铺,他的心情和秋后的阳光一样明媚。他搭着爸爸的肩膀,仰起头,看到树叶间漏下的光线倏忽而过,像无数颗星星在跳跃。

这样简单的日子真快乐,腿脚受伤的不便也不那么膈应人了。

到了医院,爸爸和迎面走来的同事连连打招呼,逢人就说这是他儿子。向晓楠露出一张乖巧的笑脸,说着"阿姨好"或"叔叔好"。

医院的早上已经有很多人,还好爸爸对医院很熟悉,加上提前预约了号,很快就轮到他们了。医生说恢复情况良好,再过几天就可以正常走路了。

爸爸松了一口气:"那就好!谢谢医生!"

爸爸让向晓楠待在休息室,等下班一起回家。休息室里有简易床,爸爸平时上夜班时可以睡觉。

刚到休息室门口,一个声音从背后传来:"老向,这是你儿子吗?这么大了!"

说话的是一位年轻的阿姨,有点胖,穿着护士服,看着很温和,眼睛微微向下,脸上挂着一丝淡笑。

"是的,上阵子扭到了脚,今天带他来复查。"爸爸介绍道,"晓楠,这是李阿姨!"向晓楠觉得爸爸的神情有点儿不自然。

他礼貌地喊了声"李阿姨好"。

"真乖,一看就是个好孩子。"李阿姨很热情,从包里翻出一袋小鱼干给向晓楠,"正好科室的刘姐从老家回来,带了一些特产,你拿着吧。"说着,她也不管向晓楠是否拒绝,放到桌上就走了。

"她是咱们老乡,也是湖南的。"爸爸解释道。向晓楠嘀咕,我又没问,你解释个什么劲儿。

他睡了个把小时,等到中午休息,爸爸带来工作餐给他。向晓楠胃口不错,整盒饭都吃完了。中间有个小插曲——李阿姨又一次过来,拎来一盒卤牛肉,说是自己做的,吃不完。

爸爸推让不过,只得收下。向晓楠在一旁看着两人推来让去的,嗅到了一丝古怪的气息。

这个李阿姨太热情了,不会对爸爸有什么企图吧?电视剧里,像李阿姨和爸爸这样的单身男女,很容易产生感情。这令向晓楠内心产生了一种天然的警惕,但他终究什么都没说,故意夹起一块牛肉,嚼得吧唧吧唧响。味道还挺好的,肉质也很有韧性。

爸爸埋头吃饭,不知在想什么。

3

深圳的秋天短暂得很,等你发现它到来的时候,往往已经接近尾声。天气一天比一天干燥,早晚温差也大了起来。街边的木棉树纷纷开始落叶,满大街都是,一脚踏上去,发出一阵细碎的声响。

向晓楠回到学校,发现自己变得受欢迎了不少,除了原先的王乐棠、余梓荣等几个朋友,其他同学出去玩时也会主动问他要不要一起去。向晓楠倒也不抗拒,能够多一些朋友一起玩,他还是很开心的。

意外的是,有几个女生看到向晓楠时还会脸红,然后一团迅速跑开。原本他以为是自己多想了,但好几次后,他发现不是自己的错觉。向晓楠有些摸不着头脑,忍不住去问王乐棠这是怎么回事。

王乐棠朝他挤眉弄眼:"自从校运会过后,你可是咱们年级的风云人物了。大家都说你是深藏不露,一鸣惊人。不少老师都知道咱们班出了个体育特别棒的男生,大家都想认识你呢。"

"啊,认识我干什么?"相比开朗的王乐棠,向晓楠没那么爱和别人打交道,有点"社恐"。

"觉得你厉害,想和你交朋友呗。"王乐棠说起话来,脸上肉一抖一抖,明显最近又胖了。

向晓楠可不觉得在校运会上拿奖就有多厉害,他不打算去做体育生,于是赶紧将主题转到学习上:"是不是再过个把月就要放寒假了?"

"对啊,今年过年早,再过十几天就是元旦了。一起出去玩啊?我们可以再叫上张鹏和余梓荣他们,到时人多,跨年热闹!"一想到出去玩,王乐棠说话的语速都快了几分。

出去玩得花钱,向晓楠现在一想到爸爸每天工作那么辛苦,觉得还是算了,在家看书和上网就挺好。连爸爸平时给他的零花钱,他都是能省下的就省着。尽管他很有兴趣和大家一起玩,还是只能按捺住心思拒绝。

"你可真没劲,说去你家不许我们去,出去玩又不肯。"王乐棠噘着嘴,像一只鼓气的大青蛙。这让向晓楠莫名地想笑,不过他得忍住,不然王乐棠非得更生气不可。

王乐棠的气来得快消得更快,没过两节课,他又对向晓楠有说有笑的,好像忘记了刚才还在生闷气。

元旦到来,向晓楠只把它当成普通周末度过。在家看看电视,偶尔坐公交车去周围转转,再就是去找老许,听他讲自己早些年来深圳打拼的一些故事。

向晓楠发现,老许其实是个很会讲故事的人,任何一件平常的事到了他嘴里,总能变得精彩离奇,讲得比电视里的说书先生还厉害。

原本爸爸说要带他去海边住两天,但向晓楠想,那还不如寒假到了再去——元旦去,酒店价格肯定特别贵。他现在做什么事情,首先考虑的都是会不会花很多钱。

爸爸为他的懂事感到欣慰,又把他的头搂在怀里摩挲了一会儿。向晓楠现在已经不会不好意思了,自然乖乖地躺着。

假期后,班上的氛围陡然变得严峻起来,连向来"微笑脸"的柳老师都时不时强调,要好好准备期末考试:"虽说咱们这个片区学位充足,大家以后绝大多数都能就近选择合适的初中就读,没有太多升学

压力,但同学们也不要完全不当一回事,需要认真对待。要是没考出一个满意的成绩,你们还能安心过个好年吗?"

教室里顿时一片唉声叹气,不过该复习还是要复习,大家在这一点上还是懂事的。

向晓楠好好准备了十来天,每晚睡觉时间推迟了一个小时。毕竟这是他到深圳后第一次期末考试,他想考出让自己和爸爸都开心的成绩。

语文、数学和科学这三门功课都还好,他头脑灵活,逻辑思维强,平时也挺爱看课外书的,善于融会贯通。唯独英语是他的弱项,以前在乡下没怎么系统地学过,当时英语老师说得不标准,导致现在每次英语课上,老师叫向晓楠起来回答问题,他的湖南腔英语都会引得班上同学笑得前仰后合。

向晓楠记得柳老师讲过"木桶理论",一个木桶能装多少水,不取决于最高的那块木板,而是由最短的木板决定;所以占优势的科目一般提升空间不大,反而是劣势科目临时突击一把,说不定有意想不到的效果。

为此,考试前这些天,向晓楠平时走路和上厕所都在背单词和听英语短文,甚至还找爸爸配合进行简单的对话,学以致用,加深对英语的理解和运用。

考试那天,语文作文的题目是《幸福的模样》。向晓楠想到这大半年和爸爸的相处,很快就有了思路。数学是向晓楠的强项,一看到试卷他就觉得稳了,特别是最后的应用题,他做过的习题册有一道类似的,很快就解了出来。科学同样如此,和以往考试区别不大。

至于他最担忧的英语,试卷发下来后,百分之九十的词汇他都看得懂。看来努力没有白费,这段时间的突击学习起到了作用。向晓楠沉着写完,检查一遍后交了卷。除了个别题目,他对绝大多数答案很有把握。

期末考试结束了,向晓楠自认为考得很满意,成绩可能比期中考试好不少。

考试后的必要环节依旧少不了,一些"演技派"同学又在班上扮惨。有的当场哀号:"哎,我数学做完后完全没时间检查一遍,不知道错了多少。"

"我更惨,我连科学这一门最后的问答题都做错了,估计老师到时会骂死我。"

"对了,你们数学题选择题倒数第二道选的是什么?我有些摸不准。"

"我也不会做,不过我瞎选的C。大家不都说,不会做的就选C吗?"

"啊?我居然选了D!又痛失两分!"

……………

"小南瓜,你考得怎么样?考数学时,你很快就做完啦。"王乐棠苦着一张脸,凑到向晓楠面前。

"我那是不会做,坐在那里发呆呢。"向晓楠也学会了打哈哈。

余梓荣在旁边不屑一顾:"我才不信。你以为我不知道,你最腹黑了,肯定对每一道题的答案都了然于胸。"

张鹏也来"补刀":"你可太不厚道了,必须接受我们的'惩罚'。"

说着,他第一个来钳住向晓楠,王乐棠紧接着上手挠向晓楠的胳肢窝。向晓楠控制不住地哈哈大笑。其他男生都围了起来,嘻嘻哈哈地打闹……寒假将至的愉快氛围顿时弥漫了整间教室,将考试带来的郁闷通通赶走了。

第十二章
北京

> 他有同情心,但更想和爸爸一起过年。爷爷不在了,妈妈也在遥远的地方,他身边只有爸爸这个唯一的亲人了。

1

一个星期后,考试成绩公布,向晓楠进入了班上前十名,被柳老师点名表扬,还被评为了"三好学生"。爸爸欣喜地看着奖状,当即许下承诺,等到春节假期,带向晓楠去海边看看。

向晓楠长大后还没和爸爸一起去过海边呢。

寒假期间,城中村的人少了许多,有些人刚放假就动身回老家了。爸爸在老家没有特别亲近的亲戚,于是打算和晓楠就在深圳过年:"这样还可以省一笔

来回车费。深圳过年人少,咱们可以去逛花市和看灯光展,这边的花市可热闹了……"

爸爸说得眉飞色舞,让原本对这些没兴趣的向晓楠禁不住多了点向往。

其实,晓楠想回老家看看,以前的同学和小伙伴都在老家。可是一个没有爷爷的老家是不完整的,也让向晓楠有些不愿面对。也许再大一些,他才能够更坦然地面对爷爷去世这件事。

明年春天再和爸爸一起回去吧,为爷爷扫墓。

向晓楠是个喜欢先苦后甜的人,寒假作业一发下来,他就没日没夜地写。这令爸爸觉得奇怪,放假了反而比平日学习更用功了。

向晓楠把笔放下,笑嘻嘻地说:"现在先一口气把作业写完,到时候就可心无旁骛地玩了。我以前都是这么干的。"说完,他又皱起眉头,"不过深圳这边的作业也太多了,以前每次只有一本,现在每科都有一本,写得人都迷糊了。"

"快进入初中了嘛,多做些题没坏处。"爸爸既希望儿子进步,也怕儿子累坏了,"不行就先歇两天,假期才开始呢。"

"如果每天做一两页作业就玩,那每天只有一点点快乐,还有剩下的作业等着我去完成;如果我先尽力写作业,虽然累一些,但是等写完所有作业,我就可以攒下许多快乐,玩得更加尽兴。"向晓楠对此很有自己的见解。

爸爸找不到反驳的理由,只得随他高兴。

等成绩单下来时,向晓楠已经一口气完成大半的寒假作业,只剩下寒假日记没有写。看着和自己预料中差不多的成绩,他心头一阵轻松,把之前没看完的电视都看了。然而,几天过后,无聊感涌了上来,他坐不住,想找人说说话。

也许可以去找老许。

路上,他想起之前路过二手电器店时老许说,最近他儿子家需要帮忙。果然,老许的店大门紧闭着。

最终,向晓楠按捺不住,给王乐棠打了个电话:"要不,咱们出去逛逛吧。"

"去哪儿?"电话里可以听到王乐棠家里电视播放的声音很大。

"都行。我待在家里快闷死了,去你家附近的商场溜达一下也可以。"晓楠打算只看不买,不用花钱。

"那行吧,你先来我家这边,等我看完这集就出门。"说着,王乐棠心急火燎地挂了电话,继续沉浸

在电视剧中。

2

半小时后,向晓楠和王乐棠一起出现在商场的奶茶店里。王乐棠捧着一杯杨枝甘露絮絮叨叨:"这次你考得这么好,你爸给了你什么奖励?"不等向晓楠回答,又叹了口气,"我可就惨了,我妈一见成绩单,就把我骂了一顿,说他们拼死拼活去赚钱,我却考成这样,还不如跟他们去做生意。"

"他们是为你好,希望你读书认真点儿。"可能因为见到了爸爸辛苦工作时的样子,向晓楠倒能够理解王乐棠爸妈的心情。

"我已经够努力了,可能是我脑袋里装的都是水吧。"王乐棠敲了敲自己的额头,"你听听看,有没有水声在响?"

向晓楠有些无语:"哪有这么夸张!"

两人又闲扯了一番,一杯饮料喝完,他们打算去夹娃娃。突然,王乐棠拉了下向晓楠的胳膊:"快看,那人好像你爸。"

"怎么可能!"向晓楠不信,以为是王乐棠在耍他,但还是下意识顺着他的目光看了过去,发现真的很像爸爸。

不对,岂止是像,明明就是爸爸!

这个时间,他不是应该在上班吗?早上出门前,爸爸还和向晓楠说过,临近春节,休假的同事多,现在更忙碌了。可他怎么会在这里?和他一起的还有个女人,体形微胖,看着有点儿眼熟。

是那天见过的李阿姨。

"你爸旁边那个女的是谁?看两人挺熟悉的样子。"王乐棠看了看那边,又瞅了瞅向晓楠,满脸八卦的表情。

"是他同事。"向晓楠没好气地答,想了想,又替爸爸解释道,"也是湖南来的,他们是朋友。"

王乐棠"哦"了一声,问:"原来如此,那我们要不要去和你爸打个招呼?"

"不用了,我们换个地方逛,才不要和他们一起呢。"向晓楠想都没想,就否决了他的提议。向晓楠这会儿有点懊恼,爸爸怎么可以明摆着骗自己?!

他早就觉得爸爸和那个李阿姨之间有点问题,两

人之间估计并不是简单的老乡和同事关系。上次在医院碰到的时候,向晓楠就感觉不对劲。现在直接撞见他们一起出现在工作医院以外的地方,这更加印证了自己的想法。

万一爸爸真的和李阿姨结婚了,那他怎么办?万一李阿姨不喜欢他,挑拨爸爸厌恶自己怎么办?向晓楠有些担忧,未来的生活充满了不确定因素。

向晓楠胡思乱想着,拽着王乐棠往外走。

"那行吧,去外面转一转也好。"王乐棠脾气好,换作其他人,向晓楠说要来逛商场又出尔反尔,肯定会闹得不愉快。

在外面转悠了没多久,向晓楠就借口肚子疼要回家。王乐棠还以为他真的不舒服,差点儿拽着他去药店买药。

晚上,爸爸和往常一样的时间到家,嘴里哼着歌,还给向晓楠买了他爱吃的手工糖:"在楼下看到有人挑着卖，我就买了十块钱的，记得你小时候爱吃这个。"

"不吃，黏牙。"向晓楠斩钉截铁地拒绝了。

他想不通，明明爸爸说过以后不会结婚，结果才过去这么短时间，就和那个李阿姨不清不楚。他更想不明白，有什么不能光明正大地说，非得偷偷摸摸，还说去上班呢，去商场照顾病人吗？

向晓楠气鼓鼓的，像被激怒的河豚。

爸爸伸手想拉他过来，结果向晓楠腾地起身，走到了另一边，说："不要碰我。"背后的窗外，可以听到风在城市上空游荡，发出呼呼声。冬天已在不知不觉中到来，空气里多了几分肃杀的气息。

"你这孩子怎么回事？莫名其妙！"爸爸绷着脸，声音提高两度，"我做错什么事情，惹你不高兴了吗？"

"你做了什么你知道。"向晓楠回嘴。

说完后，他才想起，自己和爷爷闹别扭时也是这样。不知不觉间，闹别扭的对象已经换成了爸爸。

爸爸更糊涂了："我上了一天班呢！我做了什么，让你意见这么大？"

"别糊弄我。"向晓楠撇嘴，他抬眼看了一下爸爸，脱口而出，"我今天看到你和李阿姨一起逛商场，你们一边走一边笑，可亲密呢。"向晓楠故意说得带了

第十二章 北京

点夸张成分。

"哦……原来是这回事。"爸爸有种被识破的窘迫,很快又笑着解释,"这不是快过年放假了嘛,李阿姨要回老家,打算给她家人买礼物,找我陪着一起出出主意。"

向晓楠相信自己的直觉。之前在医院,她明显想和自己拉近距离。买东西为什么不找别人,偏偏拉爸爸一起?两人走在一起还说说笑笑呢!向晓楠怀疑爸爸在骗自己。这让他有种被背叛的感觉,如果爸爸和李阿姨谈恋爱,那以后就会成为李阿姨的男朋友,甚至是丈夫。他和妈妈一样变成别人家的,那自己就成了多余的。向晓楠接受不了爸爸再婚。

为此,尽管爸爸解释了半天,但他就是绷着脸,不想说话。最后爸爸没办法,将那盒糖放在桌上,去洗澡了。

卫生间传来哗啦啦的水声。向晓楠终究忍不住打开了那盒糖,掰了一块放进嘴里。糖确实很黏牙,也很香,可他总觉得没有以前的甜,甚至带点苦涩。

4

和上次在学校打架引发的父子争吵不同,这次向晓楠心理上就是无法过关。说不清是对爸爸的惩罚,还是对自己的惩罚,反正无论爸爸怎么做,晓楠都悻悻的不想说话。

转眼,离过年只有十多天了,街道上的人少了许多,很多店铺门上贴上了"休假告示"。有的预先贴好春联,提前在路灯上挂一盏盏灯笼,鲜艳的红色让城市多了几分喜气。

爸爸连着加了好几天班,人也憔悴不少。可这会儿他和爸爸在闹别扭,才不要表露任何关心。

爸爸依旧和以前一样,上班时会主动和他说一声"我出门了",回家时也会给他带吃的,还会讲讲工作上遇到的事。有一天,爸爸回家特别晚,向晓楠原本很担心,终于等到他开门进屋,却又装作不在意的样子。

爸爸脸色疲惫,也不管向晓楠没搭话茬:"我负责看护的那位老大爷,最近心脏病又犯了,而且越来越严重,今天晕过去了。我回来前他还在急救室,人

年纪大了难熬啊!"

向晓楠想起了爷爷。

向晓楠很想劝慰爸爸,可他不知道该说什么,只是多看了爸爸几眼。

接下来两天,爸爸没那么忙了,回家时带了一些水果,甚至有一盒车厘子。晓楠纳闷了,平日里爸爸可舍不得买这个。

爸爸看破他的疑问,说:"最近老人家身体好转了一些,已经转入普通病房。知道我有孩子,他特意叫我把这些水果带回来给你吃。"

老人病情好转,爸爸应该不会那么辛苦了。这样想着,向晓楠将车厘子塞入嘴里,汁水溢出,格外清甜。

晓楠吃得津津有味,爸爸却没吃几颗。向晓楠抓起一把,放到爸爸面前,挤出一个"吃"字。他不知道怎么和爸爸破冰,想开口却怎么都觉得有些突兀。

虽然不和爸爸说话,向晓楠也会去医院看看。他想给那位老人道声谢,吃了人家的水果,去陪人家说说话也好。

爸爸看到向晓楠出现,开心地招了几下手,以为儿子已经"休战"了。可向晓楠仍然冷冰冰的,只说来医院看看老大爷。

老人家状况好转了不少,脸上多了点肉,喝水时手哆嗦得也没那么厉害,只是脸色还是比较苍白,元气有待恢复。

看到向晓楠来看自己,老人十分开心,问他多大了,读几年级,又问他还习惯深圳的生活吗。老爷爷和蔼亲切得如同家里的长辈,让原本略有拘谨的向晓楠不知不觉放松下来。

老爷爷身上有种令人舒服的气息,原来他退休前是高中物理老师,说话很有条理,考了向晓楠几个科学小问题。每次晓楠回答正确时,老爷爷都毫不吝啬地夸奖。两人的笑声时不时传出。

笑得激动了,老人家会咳嗽,咳厉害了似乎要将肺咳出来一般。爸爸帮老人轻拍胸口。向晓楠帮忙给保温杯中倒了一些热水,方便老人家待会儿喝。咳嗽舒缓一些后,老人家才摆摆手说:"老啦,不中用了。"

这话向晓楠也听爷爷讲过。

年轻时的老爷爷,也是意气风发的吧!结果老了得重病,身边没有儿女照料,心里估计也很苦闷吧!

探视时间有限,等向晓楠准备道别时,恰巧对面病房也来了看望的人,大人小孩一起,热闹的一大家。向晓楠注意到,老人家朝对面张望了好几次。

第十二章 北京

"爷爷,过几天我再来看你。"本来跟着爸爸快走到门口的向晓楠,又回过头补充了一句。

"好的,欢迎你来。"老人家笑着答。

向晓楠没说假话。之后,有时爸爸带着他去看老爷爷,有时候他自己过去,连那层楼的护士都认识他了。

偶尔碰到李阿姨,他会照常微笑问好;回到家,就忍不住继续对爸爸生闷气。爸爸没在意,有时候回家早,他照旧给向晓楠煮上一碗面条或速冻饺子。向晓楠吃归吃,依然冷着脸不说话。

"晓楠,你总是垮着脸,嘴两边的纹路都变深了,到时出去别人说不定会认为我们是兄弟俩。"爸爸在向晓楠脸上轻轻捏了下。

向晓楠"哼"了一声,拨开爸爸的手,心想我可没这么老。

爸爸又说:"你这样不说话多难受啊。"

向晓楠依旧闭紧嘴巴。

父子俩又沉默了一天。

这天晚上,爸爸回来得早一点儿,"再不和我说话,我干脆去北京,反正在家你也不理我。"爸爸故作叹息。

向晓楠抬起头,盯着爸爸。

"原本以为你探望过的那位爷爷渡过了难关,结果医生诊断后说病情仍然很严重,最好去北京做手术,那边医疗水平更好些。"爸爸揉了揉自己的脸,继续说,"可惜他儿女都不在身边,只愿意出钱,不愿意回国,对于照顾老人也都是在踢皮球。因为之前我照顾过老人家几次,这次他想让我陪他一起去北京……"

可是,这是自己来深圳和爸爸度过的第一个春节,难道要分开过?

"不行!"向晓楠第一时间拒绝。他有同情心,但更想和爸爸一起过年。爷爷不在了,妈妈也在遥远的地方,他身边只有爸爸这个唯一的亲人了。

"我考虑过这样对你不太好,但是老人家实在可怜,吃饭上厕所都没办法靠自己解决,多造孽啊!"

爸爸也很纠结,"人家愿意多付陪护费,爸爸多赚点钱,争取早些把债还清。"

"你之前答应过我要陪我过年的。"向晓楠认定的事,八头牛也拉不回。

"是,爸爸答应你的事情没有做到,你埋怨爸爸是应该的。但爸爸明白,你是个很善良的孩子,肯定能理解爸爸的苦心……"爸爸握住向晓楠的肩膀,认真地说。

"对,工作和赚钱对你来说是最重要的。"向晓楠气急之下,说出言不由衷的话。他说完就后悔了,脑海中闪现老爷爷剧烈咳嗽的画面。

"工作和赚钱都是为了和你以后生活得更好,爸爸永远最在乎你。"爸爸语重心长地说。

向晓楠心头一震,脸却依旧绷得紧紧的。

爸爸突然想到个主意:"要不,你和我一起去北京吧?那可是首都,听说过年期间可能会下大雪,你正好去见见世面。"

"去北京?"向晓楠没想过,他只在书本上看到过北京,确实令人向往。

爸爸肯定地点点头:"对啊。"

然而向晓楠犹豫了,节假日去北京的机票肯定比平时要贵几倍吧。向晓楠不想给爸爸增添负担，嘴硬地说了一句"我才不去"。

"不想和爸爸一起去吗？到时可以去看故宫，还可以爬长城。不到长城非好汉，你难道真不想去？"爸爸想着法子劝说向晓楠。

向晓楠感受到爸爸对他的在乎，心中柔软了几分，但还是傲娇地回答："我争取考上北京的大学，到时再去。"

看儿子态度坚决，爸爸只好作罢："我问一下医院那边，看能不能稍微晚一点出发，陪你过完初一再走。"

这肯定是糊弄自己的，向晓楠才不信。

结果第二天，爸爸打了个十几分钟的电话，挂掉后高兴地说："儿子，出发日期定在大年初二，爸爸可以陪你一起跨年了。"此时，向晓楠心中的冰又融化了一些。

"笑一下，要过年了，开心点才好嘛。"说着，爸爸就来挠向晓楠的胳肢窝。

向晓楠这回憋不住了，笑声清脆响亮。

爸爸喜笑颜开，沉寂多日的家又充满了生气。向晓楠觉得能够和爸爸一起吃年夜饭，一起度过新年的

第十二章 北京

第一天,还不算太惨。但一想到爸爸不能陪自己过一个完整的春节,以及之前找爸爸陪着买衣服的李阿姨,他的心又有些揪紧。

第十三章

春归

> 他看着爸爸下车,阳光洒在爸爸身上,于是,爸爸也成了阳光的一部分。

1

向晓楠不知道是几点睡着的,醒来后拉开帘子,太阳已高高升起。

爸爸依旧不在家,去医院陪护了。早餐放在桌上。

准备下楼吃午饭时,晓楠接到了妈妈打来的电话,问他最近怎么样,是留在深圳过年还是回湖南老家。

"留在深圳吧。"向晓楠含糊地回道。

妈妈又问过年的东西买好了没。

向晓楠环顾四周,发现还真的没准备什么,家里

和往常一样。

妈妈说了一堆,最后问他爸爸什么时候放假,春节有没有打算去哪里玩。向晓楠才不会和妈妈说,过几天你儿子就要孤苦伶仃地待着。他怕妈妈担心,和她讲这些没什么意义。

挂断之前,妈妈叮嘱向晓楠:"照顾好你自己和爸爸。"

向晓楠"嗯"了一声,连连点头。完了他才想起来打的是微信语音,不是视频,妈妈根本看不到他。

下楼时,楼道管理员阿姨正陪女儿写作业,小姑娘上二年级,每次碰到向晓楠都会甜甜地喊"哥哥好"。眼下她咬着铅笔愁眉苦脸,她妈妈在一旁板着脸。向晓楠看着先是笑,渐渐地眼神中流露出了羡慕。

妈妈从没陪他做过作业,爸爸倒是有过。一想到爸爸连完整的春节都不能陪自己过,他心里就有些失落。

软烂香糯的猪脚饭肥瘦适宜,卤过的猪脚味道让人齿颊留香。晓楠填饱了肚子,才觉得心里没那么难过了。天气不错,他决定坐车去深圳湾公园看海。

爸爸之前说要陪自己看海,却一直没抽出空。向晓楠决定不等了,他要自己先去看。

到了之后,他却失望了。

眼前的景色确实很漂亮,退了潮的滩涂上,有一些白色海鸟在觅食,蓬勃的红树林葱郁生长,浪花缓缓冲上岸边。不过,这一切和他想象中的海完全不一样,没有宽广无垠的感觉,甚至比一条河大不了多少。

这真的是海吗?会不会是自己来错了地方?向晓楠看了看地标,问了路人,确定了这里就是海边。

这是一处海湾。要看他梦想中的大海,得去大鹏半岛,那边的海更壮观。

希望爸爸下次不会再食言,可以带自己一起去吧。向晓楠沿海边栈道走了一会儿,坐在长椅上看着长长的跨海大桥发呆。直到阳光稀薄,爸爸快下班了,他才起身回家。

向晓楠到家时,爸爸已经在家里准备晚饭了,桌上还摆着一袋苹果和一盒草莓。

"又是那位大爷特意让我带回来的。本来我想拒

绝,可他说是送你的,我只好拎回家了。"爸爸从厨房探出半个脑袋说道。

草莓看起来很新鲜呢,整整齐齐摆放在果盒中。向晓楠拿起那盒鲜红欲滴的草莓,若有所思。

向晓楠想起老大爷消瘦的脸庞和他眼中羡慕别人家属来探望时流露出的落寞。这些天,他独自待在一片惨白的病房中,肯定十分孤独,还要在万家团圆的春节赶去北京看病,多么心酸啊。

爸爸应该陪老人家去北京看病,毕竟自己还会有很多机会和爸爸一起过年。

明年可以和爸爸一起过。

后年也可以和爸爸一起过。

还有大后年,大大后年……有很多个春节可以和爸爸一起过。

向晓楠趁着爸爸盛饭时说:"爸,你好好陪那位大爷去北京吧,我会照顾好自己的。"

爸爸先是一愣,接着一瞬间眼睛红了:"谢谢儿子。"

为了给家里增添过年的氛围,爸爸请了半天假,带向晓楠去了花市。深圳其他地方的过节气氛不浓厚,但花市满满都是年味。水仙、蝴蝶兰、杜鹃花、银柳……

五颜六色的鲜花格外绚烂。最多的则是年橘,一棵棵栽在盆里,枝头缀满金灿灿的小橘子,甭提多喜庆了。

"在广东这边过年都要买年橘。粤语里的'橘'发音和'吉'是差不多的,所以买了年橘,就是买了一整年的'吉利'回家。"最终,爸爸抱了一盆年橘回家。

对向晓楠而言,这倒是个新鲜事。他逛得有滋有味,似乎忘记了要和爸爸短暂分离的烦恼。

大年三十,父子俩把家里收拾了一遍,用湖南话,叫"打扬尘"。向晓楠在屋子里环顾一圈,桌子椅子擦干净了,床单被套洗干净了,年橘长势良好,挂满了黄灿灿的果子。出租屋焕然一新,但感觉还是少了一点过年的氛围。

对了,春联还没贴!

过年怎么能少了那抹鲜红呢。

爸爸工作的医院发了年货,里面有春联和窗花。向晓楠也想贴春联,比画了一下,就算站在椅子上也不够高,得喊爸爸来帮忙。

正在准备年夜饭的爸爸二话没说:"来啦!"撸起袖子,"来,你拿胶带和剪刀站下面,我在上面贴。"

向晓楠晃动双手,早已准备就绪。

"好了,给我一截胶带。"爸爸站在椅子上,一边贴春联,一边追忆往昔,"我小时候,一般是用早上喝剩下的浓粥来粘春联,一整年都不会掉。"

向晓楠想象不到如何用浓粥做胶水,看着爸爸贴好一边的春联,又开始贴另一边,突然想起一个贴春联的笑话——一对父子大年三十贴春联,父亲说,如果我贴低了,你就喊"高升",如果我贴高了,你就喊"发财"。结果等父亲贴好后,儿子看了半天,才说,爸,既不高升,也不发财。

这是爷爷讲给他听的。以前没觉得有多好笑,但此时,向晓楠忍不住笑起来,让站在椅子上的爸爸莫名其妙,也跟着哈哈大笑起来。

鲜艳的春联和窗花为简陋的出租屋增添了不少喜庆,向晓楠在屋里踱着步欣赏。灶上"咕嘟咕嘟"正炖着萝卜牛腩,屋子里飘满带着肉香的水汽。爸爸忙得打转。向晓楠深呼吸一口,觉得特别满足。

因为怕浪费,父子俩决定年夜饭简单一点,三菜一汤。原本向晓楠想去帮忙,但爸爸不让,让他准备好肚子吃就行。爸爸的厨艺在不断精进,有着要赶上爷爷水平的架势,菜一端上桌,就香味四溢。

在春晚的背景声中,两个人边吃边聊,坐等新年到来。即将零点,天幕中多了些星星点点的红光,伴随一阵尖锐的响声,又很快幻灭。绚烂的烟火一闪而逝,却照亮了整片天空。

新年钟声敲响,向晓楠大声对爸爸说:"新年好!"

爸爸笑着回"新年好",并递过来一个红包。向晓楠笑得美滋滋。

大年初一,妈妈打电话来,还在微信上给晓楠发了大红包。老家的一些亲戚打来了拜年电话,爸爸不断和他们说着祝福的话。向晓楠的心情也很愉悦。

然而,美好的时光总是显得太短暂,很快到了初二,爸爸要去北京了。

临行前,爸爸为晓楠担心,平时让他独自在家没问题,过年不同往日,还是得有大人照看。爸爸习惯性地皱起眉头,想到了一个人。

"我今天看到老许,你有什么事可以找他帮忙,平时也可以喊他来家里做客。我觉得他应该会愿意的。"爸爸仿佛找到了解决办法。

向晓楠得知这个消息十分开心,有好长一段时间没见到"二爷爷",怪想念的。

老许在爸爸走的那天上午来了向晓楠家。向晓楠一见面给他拜了年,老许笑呵呵地塞过来一个红包,

端详并叮嘱道:"新年学习要更进一步。你咋又瘦了呢!"

"哪有,我长高了而已。我已经和你差不多高了。"向晓楠嬉皮笑脸地站到老许旁边,要和他比高。

爸爸一边收拾行李,一边故作责怪地说:"晓楠,别这么没大没小。"

"他就和我孙子似的,不打紧。"老许笑呵呵地说。

"这段时间,就麻烦您帮忙看着晓楠了。"爸爸转身又对向晓楠说道,"好好听许爷爷的话,有什么问题找许爷爷帮忙。功课也别落下,下半年要升初中了。"

"行啦,老爸,我知道了,你放心吧。你快出发,小心迟到。"向晓楠说着,将爸爸往门外推。

爸爸笑着摇摇头:"这孩子……许叔,晓楠,再见。"说着,爸爸消失在走道里。向晓楠把门关上,背抵着门,蹲了下来,眼中满是不舍。

"怎么了?你爸刚离开,就舍不得了?"老许打趣道。

"哪有舍不得,我有什么舍不得的?"向晓楠嘴上可不承认,他起身,三步并作两步,回了房间,打算看两集电视剧来平复心情。

3

爸爸离开后的第二天,深圳下了一场小雨,巷子里湿漉漉的一片,楼下满是凌乱的落叶,已经有几天没人去清扫。这场淅淅沥沥的小雨,却让人感受到了一丝春天的气息。

有时向晓楠听老许讲故事,偶尔也会和王乐棠打视频电话。他在老家也没少吃,经常是边聊天边往嘴里塞零食。

"你还是控制下吧,之前不是说要减肥吗?怎么过了一个年,全忘光了?"看着视频里王乐棠肥嘟嘟的脸,向晓楠忍不住提醒。

"我也想啊,可是老家没有什么娱乐,我除了吃,还有什么乐趣呢?"王乐棠说着,又往嘴里塞了颗巧克力。

"对了,你爸还要多久回来?"王乐棠问道。

"可能还要一周,老大爷还没做手术呢。"对这个话题向晓楠有些烦恼,他想爸爸,怕爸爸太累了。

他格外关注起北京的天气,气温下降,他就担心爸爸会不会感冒。每次爸爸打电话来,他都要提醒爸

爸加衣服。以前在乡下,爷爷就是这么提醒他的。

老许比较平静,不慌不忙,除了偶尔来看望晓楠,也会帮忙把家里坏掉的家具、电器修好。

"别担心,你爸会照顾好自己的。他是去做好事,老天爷肯定会保佑他。"老许一边拧桌腿上的螺丝,一边对向晓楠说。那条桌腿早就有些松动了,爸爸一直忘了修。老许的安慰让向晓楠安心不少。

爸爸偶尔也会通过电话说起老人的状况:"手术已经做完,正在观察中。如果没什么问题,我过阵子就回去了。"

"我不算辛苦,和在深圳上班时差不多。你别担心,多吃饭多睡觉,还在长身体呢。"察觉到儿子心绪不宁,爸爸安慰他。

"嗯,那你要注意休息。"自从爸爸离家后,每次一和他通电话,向晓楠心里就有些酸溜溜,恨不得喊爸爸立刻回来。不过他不想让爸爸知道,这么大的男孩还整天想和爸爸待一块,太难为情了。

刚到深圳和爸爸一起时,爸爸就算一整晚没回来,他也不会觉得孤单;为什么现在爸爸一不在,自己就无所适从呢?自己一个人待在家几天,就觉得很孤独,爸爸这些年,独处了那么久呢。以后自己还要去念大学,甚至去外地工作。人生那么长,自己能陪伴爸爸一辈子吗?

向晓楠想,或许他不该这么自私。

如果爸爸真的想和李阿姨好,或者与谁在一起,那就尊重吧。向晓楠决定坚定地支持爸爸的选择了。

终于,元宵节前一天早上,向晓楠等来了好消息——爸爸告诉他,老大爷术后恢复得不错,医生说过两天就可以回深圳了。向晓楠激动地拿着手机跳了起来。

老许都忍不住笑了:"你可当心点,别又把脚给扭了,到时你爸又该心疼了。"

向晓楠听了却不恼,只是"嘿嘿"傻笑。

爸爸回家那天,暖阳当空,路上有熙熙攘攘的人,整座城市逐渐恢复了往日的秩序。就像路边的落叶乔木,走过了冬日的风霜洗礼,在春风里再次萌发出强大的生机。

在老许指导下,向晓楠早早就在家尝试着给爸爸做一顿接风洗尘的饭。

真是不做饭不知做饭苦。他折腾好半天才把菜洗好切好,平时吃起来美味的肉软塌塌的,总在刀口跑来跑去。老许示范了好几次,向晓楠才费力地切完,还差一点把手切到。

炒菜更是艰难,可能是油烧得过热了,菜叶上的水没沥干,一倒下去油花四溅,厨房里一片混乱,吓得老许连忙帮他盖上锅盖。

"你非要亲自给你爸做饭,饭还没做完,厨房差点被你给烧了。"老许看着一片狼藉的厨房,直摇头。

"亲手做才有诚意啊,该轮到我给他做一次了。这不是他出远门才回来嘛,我应该的。"向晓楠嘿嘿笑着说。想到爸爸马上要回家,他就特别开心。

等饭准备得差不多时,向晓楠才发现爸爸快到了,连忙换身衣服下楼去大路边等爸爸。已是二月份,路两旁的紫花风铃木不知何时悄悄绽放了,一簇簇娇嫩可爱的粉紫小花,在春风里肆意招摇着,雀跃着。

他看着爸爸下车,阳光洒在爸爸身上,于是,爸爸也成了阳光的一部分。

向晓楠飞快地跑了过去,一头扎进爸爸怀里。已经只比爸爸矮一个头的他,猛一下冲击,让爸爸晃得差点儿站不稳。他抱紧爸爸,含糊不清地说道:"你总算是回来了,爸。"

"爸爸回来了。"爸爸微笑地看着似乎变得不一样的向晓楠,眼中依稀闪着泪光。

5

吃到儿子做的饭菜,爸爸特意多添了一碗饭。

向晓楠总觉得还可以做得再好一些,都怪平时锻炼得太少。不过机会还有很多,以后会让爸爸吃到自己做的美味佳肴。

因为爸爸的离开,对向晓楠而言,这个春节没有让人感觉是新的一年,反倒像去年留下的一个拖沓的长尾巴。

学校又开了学,时间才陡然变快起来。这根长尾巴姗姗地招摇几下,新的一年就过去了近四分之一。向晓楠才发现,万物蓬勃的气息早已弥漫在空气中。

爸爸回深圳后,家就更像个家了。虽说爸爸还是时常加班,向晓楠经常吃的是外卖。不过,向晓楠逐渐明白了一件事,有爸爸的地方便是他的家。

向晓楠也没忘记老许,偶尔放假时,他照例会找老许聊天,然后一起嗦粉。老许和以前一样,整日忙碌在他的二手店里。他说生意越来越不行,现在买二手家电的人不多,说不定哪天他就关门不干了。

对此,向晓楠嘴上说着"那你就光荣退休了",

心中却极其不舍。一旦老许不开店了，他肯定会离开深圳，向晓楠不喜欢离别。

有离别自然就有重逢。临近清明，爸爸带着向晓楠赶在周末回了一趟老家。这是时隔近一年，他再次回到自己长大的村子。

简单收拾了一下，父子俩带上东西，爬上埋葬爷爷的那座山坡。看着爸爸将爷爷坟上长出的青草锄掉，又摆上了供果，开始烧纸钱，关于爷爷的一切一幕幕闪现在向晓楠眼前。

"爷爷别担心，爸爸对我很好，我会好好跟着爸爸过日子的。"跪拜时，他默默念着。

烧纸时飘起的袅袅青烟，摇摇晃晃往天空升上去，越飞越高，越来越淡，直到最后，彻底了无踪影。

失去爷爷的悲伤也终会消退吧。向晓楠觉得，亲人间那份浓得化不开的感情，也会和旁边的青草一样，生生不息，不断萌芽生长。

村子里以前玩得好的朋友依旧在，大家都长高了一些，眉眼间多了几分少年的英气。朋友没有像以前对向晓楠那么亲热，只是咧嘴微笑，远远看着，就像观察村里隔壁谁家来的亲戚一样。

只有隔壁家的向晓丽，热络地问他在深圳生活得

怎么样。

"感觉你现在洋气了很多。大城市一定很好玩吧,不知道我什么时候才有机会去……"向晓丽笑得眉毛耸起,一缕头发落在眼前,她又将它捋到了脑后。

"是吗?"向晓楠想,可能是自己真的变了。他想和向晓丽说说新学校和新朋友,但动了动嘴,又不知该如何说起。

最终,他只是对向晓丽说:"到时你可以和爸爸妈妈来深圳玩!"

向晓丽用力点头:"会的,我还想以后去深圳工作呢。"

一刹那间,晓楠对未来的生活突然充满了好奇与期待……

第十四章
大海

> 这里美好得像一个梦境。他摸了摸胸口挂着的金戒指,心想:如果爷爷能够看到这一切,应该也会很开心吧。

1

日子如和风一般,透过教室窗户,不经意间在时光中穿梭。向晓楠发现,班上的同学之间相处得更融洽了,比起上学期,大家伙儿似乎又长大了一些,懂事了一些。柳老师看起来更加温和,成天眼睛都是微微弯着,笑意荡漾。

向晓楠想,可能是因为这是小学时代仅剩的两三个月,大家才会格外珍惜吧,谁知道以后还有没有上同一所中学的缘分呢。

五一期间,余梓荣和张鹏回了一趟老家,人黑了不少。余梓荣还给向晓楠和王乐棠捎来了一些福建老家的特产,别有风味。

"小南瓜,你什么时候带我们去你家玩?认识这么久,还没去过你家呢。"王乐棠觉得,似乎不请他去家里做客,就没把他当朋友。

"以后有机会再说吧。马上小学毕业了,咱们得好好学习。"向晓楠含糊其词。他不好意思带同学们回那个阴暗狭窄的出租屋,即便王乐棠和他已经这么熟了。

"你也知道我们快毕业了,哪里还有机会呢……"王乐棠不开心地"哼"了一声。

小学生涯即将结束,曾经闹喳喳的同学们,转眼就像一群长大的鸟儿一般,四散扑腾在不同的丛林里了。想到这里,向晓楠不禁有些惆怅。

如果不是自己住的地方实在太窘迫,向晓楠真的挺想带他们回家吃顿饭的。

没想到,机会很快就来了。

这天,爸爸早早下了班回家,还买了一大盒酱猪手。向晓楠看着爸爸笑得眯成一道缝的眼睛就知道,肯定是有什么好事。

结果爸爸一开口就和向晓楠说:"今天有两个好消息和一个坏消息告诉你,你想先听哪一个?"

"先听坏消息吧。"向晓楠一边吃着车厘子,一边不假思索地做出了选择。他习惯把好东西留到最后。

"坏消息是,我们这一片要拆迁了,房东让我们这个月底前搬走。"爸爸说道,但爸爸的脸上并没有显露出不开心。

向晓楠心里有些不痛快,自己才刚对这一片熟悉起来呢。他怏怏地继续问:"那好消息呢?"

"第一个好消息是,之前我申请的公租房已经获批。前两天我去选过房,今天下午通知我已经确定,我们最快半个月内就可以搬到新房了。新家很方便,离你学校更近,以后你走路就可以到学校了。"爸爸掏出一串钥匙放到桌上,又扬了扬眉毛。

向晓楠喜出望外,他想:以后就可以带同学来家里做客了,再不用因为自己住在阴暗狭窄的出租屋里而遮遮掩掩。当然,还要请老许去新家吃饭。不过他又想到爸爸说有两个好消息,赶紧问第二个好消息是什么。

"第二个好消息是,爸爸欠银行的贷款,差不多今年底可以还清。"说着爸爸鼻子抽动了一下,"原本

还差不少,春节时去北京给那位大爷做陪护,得到的报酬多了一些。按照现在的工资收入,年底还清应该没问题。以后,你想吃啥爸爸都给你买!"爸爸显得格外豪气,身形都高大了不少。

向晓楠蹦了起来,情不自禁地抱住爸爸,随即又不好意思地迅速松开手,脸上的喜悦却无法掩藏。

而今,在爸爸一点一点地辛勤搬运下,压着爸爸的这座巨额负债大山终于要消失了。

向晓楠也感到头顶似乎少了一片乌云。爸爸继续说:"相信爸爸,最艰难的时候已过去了,以后我们能过上好日子了。"

"嗯!"向晓楠附和道。

接着,晓楠跑到自己房间,拿出之前攒下来的大大小小零花钱,也有一大袋子了:"爸,这些都给你,我数过,有六百多块,可以交房租。"

"这怎么可以?"爸爸连忙摆手,"这是你自己攒的,留着以后买书吧。你快收起来。"

向晓楠只好叹口气,把装钱的袋子收好放回去。

爸爸忍不住轻轻摸了摸他的头:"大了懂事了啊。爸爸以后会赚很多钱的,你别担忧。"

向晓楠心中却有股哽咽的冲动,爸爸和一年前相比，额头和眼角的皱纹都多了一些。

"如果有机会的话，爸爸，我不介意你给我找个新妈妈。"向晓楠想了想，还是对爸爸说出了心里话。他知道，爸爸为了这个家已经付出了太多，他需要拥有自己的生活。

爸爸听到这话一阵意外，有些不好意思地笑了，还是和之前一样说："以后的事情谁知道呢，如果遇到合适的，我一定会和你说。"

向晓楠早就看出李阿姨对爸爸不一般，不知爸爸心里是不是真的只把对方当成老乡。但向晓楠没问，他不想干扰爸爸的决定，一切要尊重爸爸真实的意愿。

搬家那天，天气一如既往的晴朗。向晓楠父子的心情也很好，好到他看到楼下那个喜欢打听别人家八卦的管理员阿姨，都觉得格外顺眼。

"这就搬家了啊。"胖胖的管理员阿姨嘴里一边嗑着瓜子，一边闲聊。她女儿正蹲在地上，观察蚂蚁搬

运饭粒。

"就在附近,以后有空来家里坐坐。"爸爸客套地回应。

"好呢。挺不错,日子是越过越好啊。"管理员阿姨笑吟吟地看着向晓楠,"晓楠都长这么高了,又是一个小帅哥。再过两年,在街上看到估计都不认识了。"

向晓楠笑笑,继续往大货车上搬家里的东西。

随着一脚油门声响起,城中村的过往随之消失在了身后。向晓楠回头看着,直到爸爸说了一声"到了"。

进了大门,新小区院子四周种满了洋紫荆树,中间是一大片草地,有两个人正在遛狗。新家在十六楼,虽然面积也不大,但是坐北朝南,阳光充足,屋子里的墙壁也都干净雪白,连空调和热水器之类的电器都装好了。从阳台上看过去,正好可以看到一座大公园。

最关键的是,这里不再需要辛辛苦苦爬楼梯,有电梯,可以迅速到家。

"爸,新家太棒了,比之前住的屋子好一万倍!"他跑到房间里,打开窗户往外眺望,视野十分开阔,斜着望去还可以看到学校。

向晓楠有些不敢置信,生怕这只是一个美好的梦境。阳光的温度与风的触感如此真实,让他真切地感受到,这一切确实是真的。以后,这里就是自己的家了。

是啊,家!他已经将深圳当成了家。

"这都得感谢政府的好政策,不然我们在大城市里,怎么能够住上这样好、租金又便宜的房子呢!"爸爸一边收拾,一边满脸通红地说,"所以努力读书吧,你可是亲口对爸爸说过,要考上北京的大学呢。"

"我会努力的。"向晓楠点头,暗自下定决心要好好学习,考个好大学,不仅是为了自己更好的未来,也是为了更好地孝顺爸爸。

3

向晓楠已经想好,再买一些植物盆栽。过几天将王乐棠他们请到新家来做客,也算是为自己的新家增添一些人气。

结果王乐棠他们来的那天,又带来一些盆栽。张鹏一手拎着一盆葱翠的绿萝,余梓荣抱着叶片长而直的虎皮兰,王乐棠则捧着一盆含苞待放的兰花。

大家刚进屋,满是生命力的气息就扑面而来。

向晓楠连连欢迎道:"来就来呗,还带啥礼物。"

余梓荣说:"来做客肯定要带礼物的。"

"我们刚好路过花鸟市场,就买了几盆,花不了多少钱。"王乐棠和张鹏也跟着说。

闹哄哄的几个男孩,让屋里充满生气。向晓楠爸爸在一旁看儿子和同学打趣,也乐得合不拢嘴。这天他没有加班,特地留在家给大伙儿准备了一桌子菜。

"真是太好吃了,我还要再吃三碗饭。"王乐棠一边嚼着,一边大声嚷着,眼看他的肚子鼓起来了。

张鹏也吃得不亦乐乎,只有余梓荣依旧慢条斯理。

"慢慢吃,绝对管够。"爸爸表现出非比寻常的热情。

"没问题!叔叔,我们保证全都吃光!"王乐棠吃得嘴巴油亮,还打了个响亮的嗝儿,让在座的人都忍不住哈哈大笑。

小伙伴们下楼的时候,王乐棠拍着自己的肚子,仿佛意犹未尽:"小南瓜的家虽然不大,但是好温馨。我很喜欢你家,以后一定要多叫我过来。"

王乐棠刚一说完,余梓荣就翻了个白眼:"哪有你这么直接说别人家里小的。"

"不要紧,都是好朋友,我家本来就不大嘛,但我已经很知足了。"向晓楠倒不以为然。

王乐棠挠挠脑袋，不好意思地笑了。突然，他脱口而出："你爸看着好眼熟啊，好像前几天见过似的。"王鹏也跟着点点头："对，我也感觉像见过叔叔。"

"估计是因为我爸长着一张大众脸吧。"向晓楠说。

余梓荣不吱声，思考了一会儿，突然大声说："我想起来了，我在前两天的新闻里看到过，你爸被评为了'深圳好人'。深圳市今年一共只有十位，你爸就在其中，之前有记者采访过他，我有印象。"

原来如此，爸爸平日里一直兢兢业业，对病人百般贴心。虽然在他心中，爸爸是最棒的，但这个消息仍让向晓楠有种珍藏的宝贝被人发现的喜悦。

"哇，叔叔真的好棒！"王乐棠连连鼓掌。

听着好朋友称赞自己爸爸，向晓楠胸中不由自主地涌起一股自豪感。同时他也有点儿郁闷，爸爸竟然没有第一时间告诉自己这件事，还是上了电视被同学看到他才知道，爸爸的保密工作未免做得太到位了。

"老爸你太不够意思了，上了电视也不和我说。"

爸爸一愣，接着一拍脑袋，从抽屉里翻出一枚奖章，递给向晓楠："这是上一周才拿到的，当时有记者来采访了几句。原本那天打算回家和你说的，结果搬家杂事太多，一时间给忙忘了。这不是快到儿童节

了吗?就当作是老爸给你的节日惊喜吧!怎么样,有个上电视的爸爸,是不是很开心?"

向晓楠"切"了一声,却拿着这枚金色奖章,翻来覆去地看。在阳光的映照下,奖章熠熠生辉。

4

爸爸忙着收拾家里,本来向晓楠也想跟着一起洗碗擦桌子什么的,可爸爸让他去歇着:"你去看看老许吧,挺久没见他了。"

"是很久没见二爷爷了。"向晓楠下楼,往老许店里走去,路上他看到自己原先住的地方在拆迁。高高竖起的围栏背后,挖掘机正不断挥动着机械手臂,老旧的房屋接二连三倒下,再过一些时候,这里又将矗立起新的高楼大厦。

正是午后,一天里最闲的时候,老许靠着店门,眯着眼睛在打盹儿,向晓楠的脚步声将他惊醒。他打了个哈欠,懒洋洋地问向晓楠怎么过来了。那模样,活脱脱像一只晒太阳的慵懒老猫。

"来看我的二爷爷，好一阵子没见你了呢。"向晓楠笑嘻嘻地答道。

"算你小子有良心。怎么样，住到新家很开心吧？"老许站起来伸了个懒腰。

"当然开心啦。二爷爷什么时候去我家？我爸现在厨艺进步了，你可得去尝尝，不然可就亏大了。"向晓楠忍不住夸起爸爸的厨艺，还开玩笑说道，"要不，你干脆搬来我家住吧，反正之前我们也一起住过。"

"好，有机会一定去！"老许笑呵呵地说，"不然真的没多少时间了。"

"不许瞎说，怎么会没有多少时间呢？"向晓楠较真了。自从爷爷去世后，他最怕听到的就是这种话。

"哈哈哈，别胡思乱想。"老许见状，笑得合不拢嘴，"我打算好了，过阵子就回惠州和我儿子他们一起生活。现在一天都卖不出一件二手货，而且听说马上我的店子这边也要拆迁，房东估计也不会给我续租约了。"

老许继续说道："我是真的干不动了，现在一弯腰久了就整个背都痛。这家店也到了关门的时候。"

向晓楠有些伤感地想，老许可以和家人待在一起，一家人团团圆圆多好。

慢慢地，他真的将老许当成了爷爷。怎么他也要离开了呢？

"不用难过，我以后有机会可以来看你。你也可以去找我。交通这么发达，方便着呢！"老许若无其事地说。

"嗯！我会的。"向晓楠难得地在老许面前严肃一次。

趁着老许还在深圳，晓楠决定有时间多陪陪他。

又一个夏天来临。爸爸有一天对向晓楠说："要不要去海边玩？说了这么久，一直还没带你去，我要做个守承诺的爸爸。"

"好啊，那就这周末去。"向晓楠开心地响应道。

一直以来，他有句话不好意思说出口，其实他觉得，爸爸就是自己的大海

——浩瀚，宽广，永远包容着自己的一切。

周末那天，向晓楠和爸爸叫上了老许一起。他们

在新家一起吃过中饭，先坐地铁，再换乘公交，一路坐了个把小时。爸爸兴奋地指向窗外："快看，那边就是大海！"

"哪呢？哪呢？"向晓楠连忙四处观望。

"那个方向，南边。对，就是那里，看到了没？那一片蓝色的，就是大海，斜对角隐隐约约的小岛就是香港了。"爸爸耐心地解说着。

虽然几个月前，自己也去过一次海边，可那是冬天，深圳湾公园的海面不够辽阔。再加上爸爸不能陪自己过年，心中满是委屈和郁闷，眼中的景色自然是黯然了不少。

这一次，盛夏的阳光明媚，碧空万顷。他看到的是漫无边际的海，爸爸也回来了，还有老许爷爷一起。向晓楠觉得心情格外舒畅，望着宽广的大海，他情不自禁地惊叹一句："哇，好大啊！"

爸爸和老许听了，忍俊不禁，连一起坐车的其他乘客也都乐了。

下车后，向晓楠才知道这里是大鹏半岛，以前他不知道深圳原来还有这么宁静美好的地方。看着完全不像存在于都市周边的岛，倒像是一个风光无限的海边度假小镇。看着眼前的大海，向晓楠呆住了。

从这里一眼望去,辽阔无边,海平面在远方与天空相接在一起。

他突发奇想,脱下鞋子踩在了沙滩上,沙粒细软,硌得他脚底板有些发痒。但向晓楠乐此不疲,不断来回走着,让自己的脚印留在海边。没过多久,那些脚印又被涌上岸的海浪给冲刷掉。

那些过往的难过与悲伤,也都会被时间的浪潮冲

刷掉。

走累了,向晓楠找了一块巨大的礁石坐下,看着远方——这里美好得像一个梦境。他摸了摸胸口挂着的金戒指,心想:如果爷爷能够看到这一切,应该也会很开心吧。

眼前,成群的海鸥飞向天空,风簇拥着海浪轻轻吟唱,阳光和煦而温暖,有不少孩子正在沙滩上沉浸地玩沙子。爸爸和老许站在一旁,一边说话,一边面朝大海吹着海风。

向晓楠眯起眼睛,听着风声,突然想起上学期期末考试的作文题目。

现在,大概就是幸福的模样吧。